カスパー

ペーター・ハントケ

池田信雄＝訳

論創社

This translation is sponsored by BMKOES.

Bundesministerium
Kunst, Kultur,
öffentlicher Dienst und Sport

Kaspar by Peter Handke (edition suhrkamp 322), 1968

一六歳

じゅーろく
なんとーえき
きまってるー
きまってるー
なんとーえき
じゅーろく
きまってるー
きまってるー
あのあんちゃん
きまってるー
あんちゃんやること

きめきめだ
きめきめだ
あんちゃんやること
じゅーろく
なんとーえき
きまってるー
あんちゃん
あのじゅーろくの
あんちゃん
きめきめだ

エルンスト・ヤーンドル

戯曲『カスパー』は、カスパー・ハウザーの身にほんとうに起こること、ないしはほんとうに起こったことの次第をお見せすることはしない。この戯曲がお見せするのは、だれかの身に何が起こりうるかである。これがお見せするのは、だれかが話すことを通じて話すことを強要される次第なのだ。この戯曲は「言語拷問」と題してもよいだろう。拷問に形を与えるために、これを上演する劇場が、すべての観客から見える位置、例えばエプロンステージの上にマジックアイを取り付けることを推奨したい。マジックアイは、もちろん観客の気を散らせてはならないが、その瞬きの度合いによって主人公に投げつけられる言葉のつぶての強度を表示する。彼が抵抗すればするほど、彼に投げつけられる言葉の強度は増し、マジックアイの瞬きも激しさを増すのである（あるいは年の市でもぐらたたきを思い切り殴ると振り切れんばかりに針が揺れる秤を用いてもいいだろう）。主人公にぶつけられる言葉は、つねに完全に意味鮮明でなければならないが、それを語る声音は実際に技術的媒体が介在する電話の声、ラジオやテレビのアナウンスの声、電話の時報の声、（列車案内の「お待ちください」のような）テープ録音の自動応答音声、サッカー解説者たちや競技場のウグイス嬢、愛すべきアメリカ製アニメの解説者、列車の発着を告げる駅員、面接調査員、運動指示の語り口を身体運動の動きに合わせる体育の女教師、語学講座のレコード、人だかりの中でメガフォンを通じて指示を出す警官等々の声のようでなければならない。ミニチュアシーンは同時に拡大して舞台背面に投影してもよい。

カスパーには少しも道化師に似通うところはない。彼は、舞台に登場する初めから、どちらかといえばフランケンシュタインやキング・コングのような怪物にそっくりだ。

舞台はもう開いている。観客が目にする舞台装置はどこか別の場所のイメージではなく、舞台のイメージである。舞台装置は舞台を表している。舞台上のオブジェはひと目見ただけで芝居の小道具だと分かる。なぜならそれらが何かの模倣だからではなく、それらの配置が現実のなかで当たり前の配置に合致しないからである。オブジェは（木や、スチールや布でできていて）本物であるのにすぐ小道具だと分かってしまう。それらは玩具なのだ。それらには対応する出来事がない。観客は自分たちが入場して舞台を目にする前に、舞台上でなにかの出来事が進行したとはとうてい想像できない。彼らに想像できるのはせいぜい道具係がそれらのオブジェをあちこちに配置したということでしかない。同様に観客は舞台上のオブジェが舞台以外のどこか別の場所で生起するように定められた出来事のオブジェだとも想像しにくい。彼らはすぐに、自分たちが目にするプロセスが何らかの現実の中でなく舞台の上で進行するものであることを認識する。彼らは出来事に立ち会うのではなく、演劇的なプロセスを見るのである。このプロセスは劇の終わりに幕が閉じるまで続く。出来事が生起しないのであるから、観客は出来事の続きも想像しようがない。彼らにできるのはせいぜい自分たち自身の出来事（あるいはいずれ道具係が小道具を片付けにくるだろうということ）を想像することである。舞台をくわしく見るとおおよそ次のようである。舞台の後方を限るのは、舞台と観客を仕切るカーテンと大きさや素材がほぼ同じカーテンである。カーテンの襞はまっすぐ垂れていてかなりタイトだから、観客にはカーテンが割れるすき間がどこにあるか見きわめにくい。舞台側方の境目は目隠しがされていない。後方のカーテンの前に小道具が並んでいる。それらは明らかに見世物小屋の小道具と同じような使われ方をしている。それらはみな、観客が古道具屋を連想しないように新品ばかりである。古道具屋の品と間違われないようにみなしかるべき置き方がしてある。椅子は立てられ、簾はもたせかけられ、クッションは敷かれ、紐は下げられ、テーブルの引き出しはテーブルに納められている。他方観客が、自分たちは家具展示会場のイメージに付き合わされていると（少なくともさしあたっては）想像しなくてすむように、オブジェは互いに無関係に置かれているどころか、無趣味においてあるので、観客はそこに並べられたオブジェを見てそこが舞台であることを改めて知らされることになる。椅子は、テーブルからまるでテーブルとセットではないように見えるほど遠く離れて置いてある上に、テーブルに対して通常の角度をなさない置き方をされているばかりか、椅子どうしも通常の角度をなさないおきかたをされているのだが、かといって無秩序という出来事を錯覚させることがあってはならない。テーブルは引き出しが観客席の方を向くように置かれている。舞台のどこかにもうひとつ小さめで背の低い三本足のテーブルが置いてある。何も舞台の中央には置かれていない。舞台のどこかに二脚の椅子が置かれているが、そのひとつは例えば背に渡した縦棒が二本のもの、もうひとつは三本のものである。そのひとつにはクッションが置いてあるが、もうひとつには何も置かれていない。舞台のどこかに――観客席の中央に座っている観客からすると――袖幕に隠れて半分が見えなくなっている（そういう風に舞台の奥行きを見せているのだが）ギリギリ五人が腰掛けることのできるソファが置かれている。舞台のどこかにロッキングチェアが置かれている。舞台のどこかに舞台用の箒とちりとりがもたせかけてあるが、そのどちらかにはたぶん舞台という文字あるいは上演中の劇場の名前が読みやすい書体でプリントされている。舞台のどこかに同じ書体でプリントを施された紙くず箱が置かれているが、それは見るからに空っぽである。大きい方のテーブルの上の真ん中ではないところに水の入った広口のビンが、その隣には地味なコップが置かれている。舞台後方のどこかに美しいタンスが置かれていて、それには大きな鍵が差さっている。小道具の全体は他の多くの芝居に使われたものを取り集めたかのように見えるが、かといってもちろん観客はそれら他の芝居についてストーリーの発端すらうかがい知ることはできない。オブジェは取り集められたものであるにもかかわらず、ちぐはぐな感じは与えない。それらの形態はだれもが知っている流行を超越したものである。ロッキングチェアは競売で競り落とされたかもしれないし、デパートで買われたのかもしれない。どのオブジェにも謎を解き明かすような特別な特徴はない。前方エプロンステージの中央にマイクが一本立てられている。

最初に入場する観客はすでに穏やかに照明されている舞台を目にする。舞台では何の動きもない。観客はみな時間がたっぷりあるから、すべてのオブジェを観察しそのひとつひとつを飽きるまで眺めたり食い入るように眺めたりすることができる。ついに、たとえば途切れることのないやさしい（「バイオリンの音はギターの音よりもニュアンスが豊かだ」――カスパー）バイオリンの音に伴われて、観客席の灯りがいつもと同じようにゆっくり消えてゆく。観客席は芝居が続く間中暗いままである。（観客が入場し芝居の開始を待っている間じゅう、いまのセリフがスピーカーを通じて観客に向けて繰り返されてもよいだろう。）

1

舞台後方のカーテンの背後でひとつの動きが生じるが、観客はそれをカーテンの動きで追うことができる。カーテンの左側ないし右側で生じたその動きは、次第に強くそして速くなりながら、カーテンの中央に向かってゆく。カーテンの背後の人物が中央に近づけば近づくほど、カーテンは内側に向かって大きく押したわめられる。最初はたんなる接触であったが、布地がたわみやすいことが分かったいまでは通り抜ける試みに変わっている。観客には、だれかがカーテンを通り抜けて舞台へ出てきたがっているのにいままではカーテンのすき間がみつけられずにいることが、ますますはっきりしてくる。間違った個所で何度か無駄な試みが繰り返された後――観客はだれかがカーテンにぶち当たるたびに、カーテンが立てる音を聞く――その人物が自分の探していたものとはちがうすき間を見つけることに成功する。最初に見えてくる手に、とてもゆっくりと他の身体の部分がつづく。もう片方の手は、カーテンに床へたたき落とされないよう、帽子を摑んでいる。人物が舞台へ向かって少し動くと、カーテンは徐々に彼から離れ、彼の背後でぴたりと閉じる。カスパーが舞台に立っている。

2

観客にはカスパーの顔と外見を観察する機会が与えられる。彼がそこに立ちつくしているからだ。カスパーのいでたちはいかにも芝居風である。彼は丸くてつばが広いあご紐付きの帽子を被っている。彼は襟元の閉じた明るい色のシャツを着ている。彼の上着にはたくさん（おおよそ七個ほど）の色鮮やかな金属製のボタンが付いている。彼のズボンは裾が広い。彼は不格好な靴を履いていて、その一足は例えばそのとても長い靴紐がほどけている。彼は根っからのおどけ者のように見える。彼の衣装の色は舞台上の他の色と真っ向から対立している。二回、三回と眺めるうちに観客は、彼の顔が仮面であることに気づく。仮面の顔の色は蒼白い。仮面は本物そっくりに見える。仮面はおそらく顔に合わせて作られている。その表情は、仰天と狼狽のそれである。仮面の顔が円いのは、円くて広い顔の方が仰天の表情はより芝居がかって見えるからだ。カスパーは大柄である必要はない。彼は立ち尽くし、その場を動こうとしない。彼は仰天の化身だ。

3

彼は動き始める。片手はまだあいかわらず帽子をしっかり押さえている。彼の歩き方は機械的でわざとらしく、実際にはありえないものだ。かといって彼がマリオネットのように歩くわけでもない。彼の歩き方はさまざまな歩き方を絶えず交代させることによって生み出される。第一歩を彼は例えばぴんと伸ばした脚で始めるが、もう一方の脚はぐらぐらしながらぎこちなく後に続く。第二歩を彼は例えばそれと逆の方法で踏み出す。その次の一歩で彼が片方の脚を宙高く振り上げると、もう一方の脚は重そうに床をこすりながら後をついてくる。その次の一歩を彼は二つの扁平足で踏み出す。彼はその次の一歩で脚の踏みだしをしくじるので、それに続く一歩で反対の脚をはるか前方へ運ばないと、最初の脚に追いつけない。その次の一歩では、彼はますます早足になりますますこけそうになりながら、右脚を左方向へ左脚を右方向に送るのであやうく倒れるところだ。その次の一歩では、彼は片方の脚をもう片方の脚をかすめて前へ送れず、反対に後ろへ戻し気味にそれを踏みつけてしまうので、またしても転ばないようにと四苦八苦する。その次の一歩では彼の歩幅が大きくなりすぎて、足が滑り開脚姿勢になりかけるものだから、もう一方の脚を引き寄せるのにたいへんな時間がかかってしまう。そうするうちはやくも彼は最初の脚であわてて前へ進みたがるのだが、間違った方向へ向かって動くものだから、またしてもほとんど平衡を失いかける。その次の一歩ではもっと慌ただしくなり、片足の先端は前方へ出すが、もう片方の足の先端は後方へ出し、さらにそれに続く次の一歩で彼は突如第一の足の先端も第二の足の後ろ向きになっていた足の先端に合わせようとするものだから、もはや自分で整合性がとれなくなり、ぐるっと回転しながら、観客がこの間ずっと転びはしないかと恐れていたとおり、ついに床に倒れてしまう。彼のこれまでの歩みは真っ直ぐ観客の方へは向かわず、そのあまり小さいとはいえない舞台の上を螺旋状に行きつ戻りつしていた。それは歩みではなく、たえず身に迫る転倒と錯綜とした前進の中間形態だったのだが、その間も片手はずっと帽子を摑んでいて、その手は転倒の際にもずっと頭の上に置かれていたのだ。観客が見るのは転倒の果てに舞台の床の上でだらしなくあぐらをかいているカスパーである。彼は動かないでいるが、帽子に掛かった手は彼から独立した動きをする。手はだんだん頭からずってきて、身体に沿って下に落ちる。手はしばらくぶらぶら揺れているが、やがてこれも動かなくなってしまう。カスパーはじっと座っている。

4

彼はしゃべり始める。彼はつねに「ぼくは　そういう　前に　他のだれか　だった　ことがある　ような　人に　なりたい」というひとつの文だけを口にする。彼はその文を、明らかにその意味はわかっていないという風に、とはつまり自分はその文をまだ理解していないということ以外の何も言ってはいないというかのように口にするのだ。その文は何度か同じ間隔を置いて反復される。

5

彼は相変わらず床にあぐらをかいた姿勢で座り、その文を実にいろいろなニュアンスで復唱する。彼はその文に執拗さを加える。問いかけるように言う。大声で言う。スローガン風に言う。喜ばしげに言う。ほっとした調子で言う。考え深げに途切れ途切れ言う。怒りと苛立ちを込めて言う。極度の不安を表しながら言う。彼はそれを挨拶のように、連禱の先導者の口調で、問いへの答えのように、命令調に、懇願風に言う。それから彼は、単調にだが、その文を歌う。

最後に彼はそれを大声で叫ぶ。

6

そうやっていても埒が明かないので、彼は立ち上がる。彼は初め一気に立ち上がろうとする。でもうまくいかない。半ば立ち上がったところから床にくずおれる。二度目はもう少しで立ち上がるところまで行くが床にくずおれる。いま彼は長い時間をかけて下敷きになった両脚を引っ張り出そうとするが、足の先端がたとえば膝の裏のくぼみにひっかかってしまう。彼はしまいには両手の助けを借りてからまった両脚を解き放とうとする。彼は両脚を伸ばす。彼は両脚を見つめる。彼は同時に膝を折り曲げ、それを身に引き寄せる。突然彼はうずくまる。彼は自分と床の間の距離が大きくなっていくのを眺めている。彼は片手全体で離れてゆく床を指し示す。彼は不審気に例の文を唱える。いま彼はまっすぐ立ち、オブジェに向けた首を左右にぐらぐらさせながら、またその文を口にする。「ぼくはそういう前に他のだれかだったことがあるような人になりたい。」

7

彼はまた、わざとらしい、しかしいまは安定した足取りで歩き始める。例えば両足はひどく内側を向いていて、膝はこわばっている。両腕はだらりと垂れ、指もだらりと垂れている。彼は気の抜けたとは言わないまでも何かを表明する気はなさそうな声で、一脚の椅子に向けて例の文を語る。彼は、最初の椅子が自分の声に耳を貸さなかったというニュアンスを込めて、第二の椅子に向けてその文を語る。彼は歩き続けながら、椅子は両方とも自分の声に耳を貸さなかったというニュアンスを込めて、ひとつのテーブルに向けてその文を語る。彼は歩き続けながら、タンスは自分の声に耳を貸さないというニュアンスを込めて、ひとつのタンスに向けてその文を語る。彼はタンスの前でもう一度その文を語るが、彼の声には何のニュアンスも込められていない。「ぼくはそういう前に他のだれかだったことがあるような人になりたい。」彼は偶然であるかのようにタンスを蹴飛ばす。彼はわざとのようにタンスを蹴飛ばす。彼はもう一度タンスを蹴飛ばす。するとゆっくりタンスの扉が開く。観客には、タンスの中に仕切りがなく、そこにたとえば極彩色の芝居の衣装が掛けられているのが見える。カスパーはタンスの扉が開いても反応を示さなかった。彼はほんの少し押し戻されただけである。彼はいま、タンスの扉の動きが止まるまで、黙って立っている。彼はいま開いた扉に例の文で反応する。「ぼくはそういう前に他のだれかだったことがあるような人になりたい。」

8

劇の進行の三分割が生じる。その第一ではカスパーがいまはもうどのオブジェからも身をかわすことなく、それらに触れながら（あるいはもっといろいろなことをしながら）舞台上を動く。

第二にカスパーはオブジェに触れるたびに何かしながら例の文を口にする。第三にあらゆる方向からプ、ロ、ン、プ、タ、ー、の声が響き始めるが、彼らはカスパーに語ることを強い、そうやって彼を語る存在へと仕立て上げるのだ。姿の見えないたぶん三人のプロンプター（彼らの声はもしかしてテープの音声かも知れない）は、何のニュアンスも含みもないしゃべり方をする、とはつまり皮肉とかユーモアとか善意とか人間的な温かさとかいった普通の表現手段も、不気味さや薄気味悪さや不思議さや神秘といった当たり前の表現手段もいっさい用いずにしゃべる。彼らの話は聞き取りやすい。彼らは高性能の音響装置を通して自分たちのではないテクストをしゃべる。彼らは通常の手段を使ってひとつの意味を口にするのではなく、しゃべることを演じているのだが、小さな声でしゃべるときも声は最大限に緊張させている。そうして生じる舞台進行は、観客がタンスからソファへ向かって歩くカスパーを見ると同時にあらゆる方向からのしゃべり声を聞くというものである。

カスパーはソファに向かって歩く。彼はソファのクッションとクッションの間にいくつものすき間があるのに気づく。彼はすき間のひとつに手を突っ込む。その手が抜けなくなる。彼は何とかしようともう一方の手を突っ込む。今度は両手が抜け

「おまえはすでにひとつの文を手に入れ、まわりの注意を惹くことができている。おまえはその文で暗闇の中でも注意を惹けるから、獣と間違えられることはない。おまえは手に入れたその文で、他人に向かって言えないありとあらゆることを自、

なくなる。彼はソファを引っ張り上げようとする。突然彼の両手が自由になるが、同時に彼はソファのクッションのひとつを床に投げ落としている。それから一瞬そちらに目をやった後で、彼は例の文を口にする。「ぼくはそういう前に他のだれかだったことがあるような人になりたい。」

分に向かって言ってきかせられる。おまえはおまえの現状を自分に説明できる。おまえが手に入れたのは、それを使うならその同じ文を言い負かすことのできる文なのだ。」

プロンプターはだいたい、カスパーがひとつひとつのオブジェのところで何かをしおえるたびにしゃべるのを中断していた。ソファのクッションが床に落下するのとプロンプターがピリオドを打つのは同時である。カスパーとオブジェの出会いが終わるたびにカスパーが口にする例の文の前には必ず小休止が置かれる。

9

カスパーはテーブルに向かって歩く。彼はテーブルの引き出しに気づく。彼は引き出しのつまみを回すが、回すことができない。彼は引き出しを引っ張る。引き出しが少し開く。カスパーはもうい

「その文は単語よりおまえの役に立つ。おまえはその文であれば最後までしゃべりきることができる。おまえはその文とならくつろいでいられる。おまえはその文を相手に、いままでにもうかな

ちど引き出しを引っ張る。引き出しはもうテーブルから斜めにかしぎながらはみ出している。カスパーはもういちど引き出しを引っ張る。引き出しは支えを失って、床に落ちる。ナイフやフォークやスプーン、マッチ、硬貨などの中身が引き出しから落ちる。束の間眺めていた後で。「ぼくはそういう前に他のだれかだったことがあるような人になりたい。」

10

カスパーは一脚の椅子に向かって歩く。彼は、椅子が道を塞いでいるにも拘わらず、真っ直ぐに歩こうとする。彼は椅子を押しながら歩く。彼は歩き続ける。椅子は倒れない。そうやって歩くうちに腕が椅子に絡まる。彼は歩き続けながら身を振りほどこうとする。彼は初めますます危険な形で椅子に絡まってしまうが、もう万事休すとあきら

り前進した。その文が相手ならおまえは中休みを取ることもできる。単語を別の単語に対抗させることも。その文を基準にすればおまえは単語を別の単語と比較できる。単語にでなくその文に頼るならおまえは臆せずに発言できる。」

「おまえはその文で馬鹿のふりをすることができる。その文で他の文に対抗し自己を押し通すがいい。おまえの行く手の妨げとなるものすべてを明示し、それらを除去するのだ。あらゆる対象に馴染むことだ。その文によってあらゆる対象をひとつの文に変えよ。おまえはあらゆる対象をおまえの文に変えられる。この文によってあらゆる対象

めかけたとき、身が自由になる。彼が椅子にけりを入れると椅子は飛んでいって倒れる。束の間眺めていた後で。「ぼくはそういう前に他のだれかだったことがあるような人になりたい。」

II

カスパーは小さなテーブルに向かって歩く。そのテーブルには三本の足がある。カスパーはそのテーブルを片手で持ち上げ、もう一方の手で一本の足を引っ張るが、その足を引き抜くことはできない。彼はその足を回すが、初めは回す方向を間違える。次は正しい方向に回す。彼はその足を回してはずすと、別の手でテーブルを支えてバランスを保つ。彼はゆっくり手を引き抜く。テーブルは彼の一本の指先で支えられている。彼はその指をゆっくり引き抜く。テーブルがひっくり返る。束の間眺めていた後で。「ぼくはそういう前に他のがおまえの一部となる。この文によってあらゆる対象がおまえのものとなる。」

「抵抗を果たすための、注意をそらすための文。おまえはひとつの文を手にしていて、それを使ってひとつの物語を語ることができる。おまえはひとつの文を手にしていて、腹が空いたときはそれを囓らなくてはならない。それによって気の狂った振りをすることのできる文、それによって気が狂うことのありうる文。狂気であるための文、狂気であり続けるための文。おまえはひとつの文を手にしていて、それを使えば自分自身に目配りができるし、自分自身から目をそらすこともできる。散歩のための文。言い間違えのための。言いよど

だれかだったことがあるような人になりたい。」

12

カスパーはロッキングチェアに向かって歩く。彼はロッキングチェアの周りを歩く。彼はわざとではないという風にロッキングチェアに触れる。ロッキングチェアが揺れ出す。カスパーは一歩あとずさる。ロッキングチェアは揺れている。カスパーはもう一歩あとずさる。ロッキングチェアが揺れを止める。カスパーは二歩ロッキングチェアに近づき、それを足でもって軽く揺らす。ロッキングチェアが揺れているとき、彼は手で持ってそれをもっと強く揺らす。ロッキングチェアがもっと強く揺れているとき、彼は足でもってさらに強く揺らす。ロッキングチェアがもっと強く揺れているとき、彼は足でもってさらに激しく揺らす。ロッキングチェアがさらに激しく揺れているとき、

みのための。歩数計測のための。」

「おまえはひとつの文を手にしていて、それを初めから終わりまでそして終わりから始めまで口にすることができる。おまえは肯定のためと否定のための文を手にしている。おまえは否認のための文を手にしている。おまえはひとつの文を手にしていて、それで自分を疲れさせることも目ざめさせることもできる。おまえはひとつの文を手にしていて、それで自分に目隠しをすることができる。おまえはひとつの文を手にしていて、それでおまえはすべての無秩序を秩序に変えることができ、それでおまえはすべての無秩序を他の無秩序と比較して相対的秩序と呼ぶことができ、それでおまえはあらゆる無秩序を秩序だと宣言することができ、それでおまえは自分自身を正常化するこ

彼は手でもってさらに強く衝撃を与えるので、ロッキングチェアはいま危険なほど激しく揺れている。彼は足でもう一度衝撃を加える。するとロッキングチェアはまさに転覆するかどうかの限界点に達し、転覆するのかさらに揺れ続けるのか定かでなくなったとき、カスパーはロッキングチェアに片手でごく軽い衝撃を与えるが、それはロッキングチェアがひっくり返るに十分な衝撃となる。カスパーはひっくり返ったロッキングチェアの元から逃げ去る。だが彼は一歩ずつ戻ってくる。束の間眺めていた後で。「ぼくはそういう前に他のだれかだったことがあるような人になりたい。」

13

カスパーは周囲を見回す。一本の箒が立てかけてある。彼はその箒のところへ歩いて行く。彼は箒の下の方を手か足で自分の方へ引き寄せることで、

とができ、あらゆる無秩序に引導を渡すことができる。おまえはひとつの文を手にしていて、それをおまえの範例とすることができる。おまえはひとつの文を手にしていて、おまえはそれを自分と自分以外のすべての間の境界とすることができる。おまえは、あらゆる不可能な秩序を可能にし、あらゆる可能かつ現実的な無秩序を不可能にし、おまえからすべての無秩序を追い出す文の幸福な所有者である。」

「おまえはその文なしにはもはや何も想像できない。その文なしにはおまえはもはや対象を見ることができない。おまえはその文なしにはもはや足

箒のもたれている角度を大きくする。彼はもういちど引き寄せ、角度をさらに大きくする。彼はもういちど、だがほんの少しだけ引き寄せる。箒はゆっくり滑り始め、倒れる。束の間眺めていた後で。「ぼくはそういう前に他のだれかだったことがあるような人になりたい。」

14

カスパーは置きっぱなしになっている椅子のところへ歩いていく。彼は椅子の前で立ち止まる。彼は例の文が続く間、立ち止まったままだ。突然彼は腰を下ろす。束の間眺めていた後で。「ぼくはなりたい……そういうような」彼はしばらく言いよどむ。

を踏み出すこともできない。おまえはその文があれば思い出すことができる、なぜならおまえは最後の一歩を踏みだしたときにその文を口に出していたからだ。そしておまえは最後の一歩を思い出すことができる、なぜならおまえはその文を口に出していたからだ。」

「おまえは自分に耳を傾けることができる。おまえは注意深くなる。おまえはその文によって自分に注意深くなる。おまえは自分に注意深くなる。おまえは何かにぶつかり、その出来事によって文は中断され、それによっておまえは、何かにぶつかったということに注意深くなれる。おまえは注意深くなる。おまえは注意深くなれる。おまえは注意深い。」

15

カスパーは座っている。彼は言葉を発しない。

「おまえはその文でもって言いよどむことを学び、そしてその文でもって聞くことを学び、そしてその文でもって自分は聞いているということを学び、そしておまえはその文でもって時間を、おまえがその文を口にする前と後の二つに分割することを学び、そしてその文でもって時間は分割できるということを学び、同様にその文でもって、おまえが最後にその文を口にしたときおまえはどこか別の場所にいたということを学び、同様におまえはその文でもって、おまえはいまどこか別の場所にいるということ、そしておまえはその文でもって話すことを学ぶということ、そしてその文で話しているということを学ぶのだ。そしておまえはその文でもって、おまえがひとつの文を話すことを学び、そしておまえはその文でもって、もうひとつ別の文を話すことを学び、同様におまえはほか

16

17

舞台が明るくなる。カスパーはじっと黙って座っている。彼が耳を傾けている様子はない。彼はしゃべることを覚え込まされる。彼は自分の文を守りたい。でもその文は他の文をしゃべることによ

にもいくつかの文が存在することを学び、同様におまえはほかのいくつかの文を学び、そして学ぶことを学び、そしておまえはその文でもって、秩序が存在することを学び、そしておまえはその文でもって、秩序を学ぶことを学ぶのだ。」

舞台は漆黒になる。

「まだおまえはあの文の背後にもぐり込み、身を隠し、あの文を認めないでいられる。あの文はまだすべてを意味しうるのだ。」

「あの文はまだおまえの痛みでないどの単語も。おまえの痛みでない。すべての単語がおまえの。痛みだが、おまえはおまえの痛みが文であることが分からない。あの文がおまえの痛みなのは、お

って徐々に排除されてゆく。彼は混乱する。

「ぼくはそういう前に他のだれかだったことがあるような人になりたい。」

まえにそれが文であることが分からないからだ。しゃべることはおまえの痛みだが、しゃべることはおまえの痛み。ではないなぜならおまえはまだ知らないからだ、何が。痛みかをすべてがおまえの痛みだ、しかし何も。おまえのほんとうの痛みではないあの文は。まだおまえの痛みではない、なぜならおまえはまだ知らないからだ、それがひとつの文。だと、おまえはそれがひとつの文であることを知らないのだが、にもかかわらずそれはおまえの痛みだ。なぜならおまえは知らないからだ、ひとつの文がおまえの痛み。だと。」

「おまえはおまえにかまけることから始める。おまえはひとつの文だ。おまえはおまえを元に無数の文を作り出せる。おまえはそこに座っているだがおまえはおまえがそこに座っていることを知ら

カスパーは自分の文に抵抗する：
「ぼくはなりたい。
ぼくはなりたい前に。
ぼくは前に……だったそういう人になりたい
他のだれか。
そういう他の。
だれか。」

彼はもう一度自分の文を主張する。
「ぼくはそういう前に他のだれかだったことがあるような人になりたい。」

彼は抵抗を続ける。

ない。おまえは座っていないそこにはなぜならおまえはおまえがそこに座っていることを知らないからだおまえは、おまえを元に文を作ることができないおまえは座っているおまえの、上着はボタンがかけられている。おまえの、ズボンの、ベルトはバックルで留めてはあるがゆるすぎだ、おまえは持ってない、靴紐をおまえは、持ってないベルトをおまえの上着は、ボタンがかかっていない、おまえは全然、存在しないおまえは、一本の、ほどけた靴、紐だ。おまえは文に抵抗できない。」

「靴紐がおまえは痛い。靴紐が痛くないのはそれが靴紐だからではない、そうではなくておまえに靴紐を表す言葉が欠けているからだ、そして固い靴紐と緩んだ靴紐の違いがおまえには痛い、なぜ

「だったぼくは。
他のだれかになる。
そういう他のだれか。
どうやってぼくはなる。
であるぼくはである。
そういうだれかだった。
である他の。
ぼくはそういう。
他のだれか……でありたい。
ぼくは他のだれかでありたい。
そういう他のだれかで。
前に他のだれか。
他のだれかであった。
前にそうだった。
そういう人になりたい。」
はじめての逸脱。

ならおまえには固い靴紐と緩んだ靴紐の違いが何なのか分からないからだ。上着がおまえは痛い、髪の毛もおまえは痛い。おまえは自分に痛みを感じていないのに、自分が痛い。おまえが自分を痛がるのは、おまえがおまえとは何かを知らないからだ。おまえはテーブルが痛い、そしておまえはカーテンが痛い。おまえは自分の聞く言葉と、自分の語る言葉が痛い。おまえが何も痛くないのは、おまえが痛むとは何かを知らないからだが、おまえに何もかもが痛いのは、おまえは何についてもそれが何を意味するかを知らないからだ。おまえは何についてもその名を知らないので、それが痛むことを知らなくても何もかもが痛むが、それはおまえが痛むという言葉の意味を知らないからだ。」

「ぼくはそういう他のだれかに
なりたい前に他のだれかが
そうだったような。」

彼はより激しく抵抗する。
しかし前よりもうまくいかない。
「ひとつの。
である。
そういう。
だった。
なりたい。
他のだれかに。」

「他のそういうぼくは前のように
なりたかったである。」

「おまえはいくつかの文を、おまえの文に似通うものや、比べることのできるものを耳にする。おまえは比べる。おまえはおまえの文をほかの文に対抗させ、早くも何らかの結果を出すことができる。おまえはほどけた靴紐に慣れることができる。おまえはすでにほかの文にも慣れていて、今ではもはやそれら抜きではにっちもさっちもいかなくなっている。おまえはおまえの文それ自体をもはや想像できなくなっている。もはやそれはおまえの文ではない。おまえはもうほかの文を探している。何かが不可能になった。何か別のことが可能になった。」

彼は前よりもいっそう激しく抵抗する。
しかしもっとうまくいかない。
「たかったたん。
ういく。
べちゅとりん。
そうゆぼる。
であひーん。
たいなるん。
ひそぼ。」

「くぼりたほうんひーかいとりん。」

「おまえはどこに座っている。おまえは静かに座っている。おまえは何をしゃべる。おまえはゆっくりしゃべる。おまえはどんな息の仕方をしている。おまえの呼吸は安定している。おまえはどこでしゃべっている。おまえは早くしゃべる。おまえはどんな息の仕方をしている。おまえは息を吸い、息を吐く。おまえはいつ座る。おまえは前より静かに座っている。おまえはどこで息をしている。おまえは前より早く息をする。おまえはいつしゃべる。おまえは前より大きな声でしゃべる。おまえはどんな座り方をしている。おまえは息を吸う。おまえはどんな息の仕方をする。おまえはしゃべる。おまえは何をしゃべる。おまえは座っている。おまえは息を吐くようにしゃべり、息を吸うようにしゃべる。」

プロンプターは猛烈な勢いでカスパーに言葉のつ

カスパーはとても長いイの音を発する。

カスパーはヌをあまり長く発音しない。（彼はヌを単独で、とはつまりこの文字が普通他の文字と結合して語を構成するのとは異なる仕方で発音する。）

カスパーは標準よりも短いスの音を発する。

カスパーは短く、堅苦しくぎこちないルの音を発する。

カスパーはプの音を発する。そしてその際そのプ音を他の音のように引き延ばそうとするが、もちろんうまくいかない。

カスパーは堅苦しいぎこちないトゥの音を発する。

ぶてを投げつける。

「揃えろ。立てろ。倒せ。置け。

立てろ。揃えろ。倒せ。置け。

倒せ。立てろ。揃えろ。置け。

置け。倒せ。立てろ。揃えろ。

揃えろ。立てろ。倒せ。座れ。

立てろ。揃えろ。座れ。寝ろ。

座れ。寝ろ。揃えろ。立て。

立て。座れ。寝ろ。揃えろ。

カスパーは極端にぎこちないドゥの音を発する。

カスパーは少なくとも身体の動きによって、たとえば足踏みしたり、足で床を擦ったり、椅子を押しやったり引き戻したり、しまいには着ている服をかろうじて引っ掻いたりして、なんとか音を発しようと努める。

カスパーは渾身の力を振り絞ってただひとつの音を出そうとする。彼は両手と両足を使ってそれを試みる。彼はひとつの音も出せない。彼の身動きの努力はだんだん勢いがなくなる。ついには彼の身動きも止まる。カスパーは最後には沈黙させら

寝ろ。立て。座れ。揃った。」

プロンプターはいま自分たちの仕事に得心が行ったという風に、落ち着いたしゃべり方になる。

「聞くのか。
とどまるのか。
開けるのか。
聞くのだ。
とどまるのだ。
開けるのだ。」

プロンプターはカスパーが無言で奮闘するよう仕向ける。

れる。例の文は彼から駆逐される。しばしの静けさ。

18

カスパーはしゃべることを促される。彼はしゃべる材料を与えられしゃべるように駆り立てられるのだ。

カスパーはまだ沈黙したままだ。

「テーブルが立っている。テーブルが倒れたって。椅子が倒れたのだ。椅子は立っている。椅子は倒れたが立っているって。椅子は倒れたが、テーブルが立っているのだ。テーブルは立っているか、倒れたかだ。椅子は倒れておらず、テーブルは立っておらず、椅子は立っておらず、テーブルは倒れていない。おまえは倒れた椅子に座っている。」

「おまえはテーブルにむかつく。だがおまえは椅子がテーブルでないので椅子にむかつく。しかし椅子がテーブルでないので、箒にもむかつく。しかし箒が椅子でないので、おまえは自分の靴紐にむかつく。しかし箒はテーブルだから、箒にはむ

カスパーはしゃべり始める。

「たどり着いた。」

彼はすこしずつしゃべり始める。

「なぜなら。
よく。
ぼくを。
けして。
少なくとも。

かつかない。しかし椅子はテーブルでもあり靴紐でもあるので、椅子にはむかつかない。しかしテーブルはテーブルなので、おまえはテーブルにむかつく。しかしおまえは、テーブルと椅子と箒と靴紐がテーブルと椅子と箒と靴紐という名なので、それらみなにむかつく。おまえはそれらが何という名なのか分からないので、それらみなにむかつく。」

彼らはカスパーに神経を疲弊させる言葉のつぶてを投げ与え続ける。「というのもおまえが座っているタンスは、椅子なのだ、ちがうか。それともおまえが座っている椅子は、それがタンスの場所に置かれているならタンスなのだ、ちがうか。それともタンスの場所に置かれているテーブルは、おまえがその上に座るなら椅子なのだ、ちがうか。

中へ。
はじまる。
ぼくに。
なにひとつ。
でも。
どうやって。」

「なぜならぼくを少なくともここで。」

彼はだんだん整った文を口にするようになってゆく。
「両手の中へ。
どんどんそして広く。
あるいはあそこ。
外側へ倒れた。

それともおまえが座っている椅子は、一個の鍵で開けることができ、その中に服が掛けられているならば、たとえそれがテーブルの場所に置かれていようが、あるいはおまえがそれでもって床を掃き清めようが、タンスなのだ、ちがうか。」

「テーブルは、おまえがタンスに向けて使用できる単語であり、おまえはテーブルのある場所に現実のタンスと存在可能なテーブルを持っていて、それで。椅子は、おまえが箒に向けて使用できる単語であり、したがっておまえは椅子のある場所に現実の箒と存在可能な椅子を持っていて、それで。箒は、おまえがおまえの靴紐に向けて使用できる単語であり、したがっておまえは靴紐のある場所に現実の靴紐と存在可能な箒を持っていて、目は閉じたまま。
だれもいない。
家に帰らない。
穴に。
山羊の目。
水たまり。
真っ暗みたいな。
死が叫ばれた。

もしぼくがここで少なくとももっと自分のことを
話したら。

うなぎ。走る。
茹でられて。後ろから。
右へ。後で。馬。
立ってなかった。叫んでる。
もっと速く。膿。肌。

それで。靴紐は、おまえがテーブルに向けて使用できる単語であり、したがっておまえはテーブルのある場所に突然テーブルも靴紐も持てずにいて、それで。」

「椅子はまだおまえを痛めつけているが、椅子という単語がおまえには嬉しい。テーブルはまだおまえを痛めつけているが、テーブルという単語がおまえには嬉しい。タンスはまだおまえを少々痛めつけているが、タンスという単語がおまえには

うごめいてる。膝。
もとへ。匍ってる。
小屋。すぐに。
蠟燭。霧氷。ぴんと張る。
期待する。逆立てる。
ネズミ。たった一匹の。もっとひどい。
行った。生きてるうちに。もっと先へ。
跳んだ。そうだ。すべきだ。」

「こっちへ入りこんだぼく椅子ぼろきれなしにいまは生気を失って語った靴紐の上へ足を叩いた箒なしにタンスから少し離れてひっくり返ったテーブルの上へ立ったカーテンに散る二粒のありやなしやの救いの水滴」

前よりも嬉しい。靴紐という単語はもうおまえを前のようには痛めつけない、なぜなら靴紐という単語がおまえにはますます嬉しいものになってゆくからだ。箒は、箒という単語がおまえに嬉しいものになればなるほど、おまえを痛めつけることが少なくなってゆく。単語は、単語という単語がおまえに嬉しいものであるなら、もはやおまえを痛めつけることはない。文は、文という単語がおまえに嬉しいものであればあるほど、おまえにとってますます嬉しいものになってゆく。」

「単語ともの。椅子と靴紐。もののない単語。箒のない椅子。単語のないもの。靴紐のないタンス。

テーブルのない単語。単語もものもない。ものも靴紐もない。靴紐も単語もない。単語もテーブルもない。テーブルと単語。単語ともののない椅子。単語のない靴紐のない椅子とタンス。単語ともの。単語のないもの。もののない単語。単語もものもない。単語と文。文、文、文。」

カスパーはひとつの整った文を口にする、「ここに来てなかった頃は、こんなひどい頭痛に苦しんだことはなかったし、いまここに来てからのようなひどいいじめにあうこともなかった。」

舞台が漆黒と化す

19

舞台が明るくなる。彼はゆっくりしゃべり始める。

「ぼくはいま初めて分かったことだけどここへ入ってきた後で、いま初めて分かったことだけどソファをぐちゃぐちゃにしてしまい、その後でいま初めて分かったことだけどタンスの扉をいま初めて分かったことだけど足で蹴飛ばして開けっぱなしにして、それからテーブルの引き出しをいま初めて分かったことだけど引っぱりだして、それから——いま初めて分かったことだけどもうひとつの——テーブルをひっくり返して、それからロッキングチェアもいま初めて分かったことだけどひっくり返して、いま初めて分かったことだけどひとつの椅子と一本の箒も引き倒して、それからまだ立っていたたったひとつの椅子のところへ（いま初めて分かったことだけど）歩いて行ってそれに腰を下ろしたんだ。ぼくは何も見なかったし何も聞かなかったけど、調子はよかった。」彼は立ち上がる。

「ぼくはいま立ち上がり、そしていまが初めてではないけれど、ぼくの靴紐がほどけていたことに気づいた。ぼくはいま話すことができるから、靴紐をちゃんと締めることができる。ぼくは話すことができるようになってからは、靴紐がちゃんとしているかどうか確かめるために身をかがめることができる。話すことができるようになってからぼくは何でも自分できちんとできる。」

彼は身をかがめて靴紐に手を伸ばす。靴紐の方へ身をかがめやすくするため片足を前に出す。でも彼は他方の足で靴紐を踏んづけていたので、足を前に出すときにけつまずいてしまい、姿勢を保とうと無駄な努力を続けた挙げ句に――一瞬それはうまくいくかに見えたのだが――転倒する。彼はその際自分が座っていた椅子も倒してしまう。一瞬の沈黙の後に、「ぼくは話すことができるようになってから、ちゃんと立ち上がることができる。でも話すことができるようになって、初めて転ぶのが痛くなった。でも転んだときの痛みのつらさは、痛みについて話せると分かって半分になった。

でも転ぶことのつらさは、ぼくは転ぶことについて話せると分かって二倍になった。でも痛みは忘れられると分かって転ぶことは全然痛くなくなった。でも転ぶのは恥ずかしいことだと思えると分かってから痛みはずっと続いてる。」

20

「おまえがきちんとした文を話すことができるようになって以来、おまえは自分が知覚するすべてをそのきちんとした文と較べ始めたので、文は範例となっている。おまえが知覚するすべての対象は、おまえがその記述に用いることのできる文が単純であればあるほどより単純になる。すべての対象はきちんとした対象であり、それについては短い単純な記述がなされた後にはいかなる疑問ももはや生じることがない。きちんとした対象とは、短い単純な文でもってすべてが解明しつくされる

カスパーは話し始める。かれはゆっくりしゃべる。

「これを覚えておけ、そして忘れるな。
これを覚えておけ、そして忘れるな。
これを覚えておけ、そして忘れるな。
これを覚えておけ、そして忘れるな。
これを覚えておけ、そして忘れるな。
これを覚えておけ、そして忘れるな。
これを覚えておけ、そして忘れるな。
これを覚えておけ、そして忘れるな。
これを覚えておけ、そして忘れるな。
これを覚えておけ、そして忘れるな。
これを覚えておけ、そして忘れるな。

対象である。きちんとした対象なら、おまえは三つの単語からなる文だけで用が足りる。対象は、おまえがそれについてまずひとつの物語を語る必要のないものであるならば何の問題もない。きちんとした対象に対してならおまえは文を全然必要としない。きちんとした対象に対してなら対象についての言葉で用が足りる。きちんとしていない対象に対するときに初めて物語の出番がくる。おまえ自身は自分についてもはや物語を語る必要がないのであれば、何の問題もない。おまえの物語がほかのどんな物語とももはや区別ができず、またおまえについての文がもはやいかなる対象も呼び起こすことがなければ、おまえには何の問題もない。おまえはもはやいかなる文の背後にも身を隠すことがあってはならない。

靴紐についての文とおまえについての文はひとつの単語を除いて相似していなければならないし、

これを覚えておけ、そして忘れるな。」

21

ほどけた靴紐に近づくカスパーの手をスポットライト（以下スポット）が追いかける。スポットは同じように靴紐に近づくカスパーのもう一方の手を追う。カスパーは念を入れて靴紐を交差させる。彼は交差させた両端を高く持ち上げる。彼はだれもが分かる仕方で靴紐の端をもう一方の端のまわりに巻いて結び目を作る。彼は靴紐の両端を交差させて高く持ち上げる。彼ははっきりかつゆっくり二本の紐を束ねて引っ張る。彼ははっきり一方の紐で結び目を作る。彼はその結び目のまわりにもう一本の紐を添える。彼はその紐を下から引っ張る。彼は結び目を固く締める。最初の秩序が生み出された。スポットが消える。

そのふたつは結局その一語を除くなら相似していなければならない。」

「テーブルが立っている。テーブルという言葉でおまえはすでに立っているテーブルを考える。すでに文の必要はない。

タオルが落ちている。タオルが落ちているということは、何らかの問題がある。なぜタオルは落ちているのか。タオルはすでに他の文を要求する。すでにタオルにはひとつの物語がある。タオルにはループが付いていないのか、あるいはだれかがタオルを床に放り投げたのか。掛け輪が引きちぎられているのか。ループを引きちぎった者がいるのか。だれかがそのタオルで首を絞められたのか。カーテンがまさにいま降りてくる。カーテンという語でおまえはすでにいままさに降りてくるカー

22

スポットが、上着を押し上げながら、ズボンに通されたたぶんかなり太いベルトに近づいてゆくカスパーの手を追う。スポットが、同様にベルトに近づくカスパーの手を追う。一方の手はベルトの端をかなりの数の革製の止め輪から引き抜く。他方の手がベルトのピンを持ち、もう一方の手がベルトをピンから引き抜く。こちらの手がベルトを引っ張っている間に、もう一方の手がピンをベルトの次の穴に押し入れる。前よりきつく締まったことで長くなったベルトの端が両手でまた慎重に多数の止め輪に通されると、ズボンの穿き方はみるからにきちんとする。スポットが消える。

テンのことを思い浮かべている。すでにいかなる文も必要ではない。追求するに値するのは、まさにいま降りてくるカーテンだ。

「後からひとつの疑問が続かなければならないような文は心地がよくない。そういう文に接したときおまえはくつろげない。重要なのは、おまえが少なくともくつろぐことのできる文を作ることだ。ある文の後にもうひとつの文が続かなければならないようなら、その文は美しくなく心地もよくない。おまえは家庭的な文、インテリアとしての文、おまえが本来なら省くことができるであろう文、贅沢品である文を必要としている。なおも何かを問いたださなければならないような対象はすべて、いい加減であり、美しくなく、心地が悪い。二番目の文はみな（すべての単語はカスパルがベルトを通すズボンのベルト通しに分配される）いい加減であり、美しくなく、心地が悪く、妨害的かつ傍若無人で、没趣味だ。」

「すべての対象は、ある対象のイメージでなければならない。すべてのしかるべきテーブルはあるテーブルのイメージである。どの建物もある建物のイメージでなければならない。すべてのしかるべきテーブルは（すべての言葉はボタンを掛ける動作に配分される）きちんとしていて、美しく、心地よく、平和で、目立たず、目的に適い、上品だ。倒れ、崩潰し、揺れ、悪臭を発し、燃え、空っぽで、幽霊の出る家（すべての言葉はボタンを開ける動作に分配される）は、真の建物ではない。妨害せず、脅さず、狙い定めず、質問を発せず、だれの首も絞めず、何も欲せず、何も主張しない文

23

スポットは、上から下へ上着のボタンをかけていっているカスパーの手を追うが、最終的に一番下のボタンがひとつ余ってしまう。スポットが照らし出すのはその余ったボタンの上で止まっているカスパーの手だ。次にスポットは上着のボタンを閉めたときよりも速い動きで下から上へボタンを開けてゆく彼の手を追う。スポットは上で一番目のボタンに置かれたカスパーの手と共に動きを止める。それからスポットはもっと速く再度上着のボタンをかけてゆくカスパーの両手を追う。今度はうまくゆく。スポットは一番下のボタンに置かれたカスパーの両手である。それから両手がボタ

ンから離れる。スポットはすべてが順調であること を明示する。それからスポットが消える。

（すべての言葉は再度ボタンを閉める動作に分配される）はある文のイメージである。」

24

カスパーはスポットライトを全身に浴びて立っている。上着は色も仕立ても見るからにズボンとちぐはぐだ。カスパーは黙っている。

「テーブルは、テーブルのイメージに一致するなら真のテーブルである。テーブルは、イメージだけテーブルに一致しても、テーブルのイメージはテーブルに一致するが、テーブルと椅子一対のイメージがテーブルと椅子に一致しないのであれば、まだ真のテーブルではない。テーブルは、おまえ自身がそのテーブルにふさわしくないのであれば、まだ真の、本来の、本物の、正しい、しかるべき、きちんとした、的をえた、美しい、もっと美しく絵のように美しいテーブルではない。テーブルがすでにあるテーブルのイメージであるなら、おまえにはそれを更新することはできない。おまえがテーブルを更新できないなら、おまえは自分自身

25

カスパーは舞台を片付ける。彼が動くと、スポットがその後を精確に追って、オブジェからオブジェへ移動しながら自分のしでかしたことを原状にもどす彼の行為の一部始終を捉える。それだけでなくカスパーがすべてのオブジェと他のオブジェとの関係を正常化するので、舞台はだんだん居心地よさを取り戻してくる。カスパーは舞台上にではあるが自分の居場所を確保する。彼の歩みの一歩一歩、彼の動きのひとつひとつに新奇さが加わり、そこに注意が向けられる。さらに彼は自分

を更新しなくてはならない。おまえは、テーブルをテーブルのイメージにしなければならず、すべてのありうる文をありうる文のイメージにしなければならないのと同様、おまえのイメージにならなければならない。」

カスパーのすべての行動はプロンプターが口にする文に随伴されている。それらの文は初めのうちはカスパーの動きにふさわしい動き方をしているが、やがてカスパーの動きが次第に文の動きに従うようになる。文は舞台上のプロセスを明確化するが、もちろんそれを記述はしない。以下の文が選定に供されている。

「人間はみなじつにたくさんの能力を与えられて生まれてくる。」

の行動にあわせてときどきいくつかの文を口にする。行動が中断するたびに文の中断が続く。行動の反復は必ず文の反復を伴う。カスパーの行動はしまいにはますますプロンプターが発する文に従うようになってゆくのだが、初めのうちはプロンプターの文が彼の行動に合わせて発せられていた。彼はまずは自分が座っていた椅子を起こす。それに合わせて彼は例えば次の文を語る。「ぼくは椅子を起こす。椅子は立っている。」かれは二番目の椅子のところにゆき、今度は片手で、その二番目の椅子を起こす。スポットは縦の背もたれの桟を摑んでいるその手を浮かび上がらせる。「ぼくはもうひとつの椅子を起こす。ぼくは数えることができる。最初の椅子には背もたれの桟がふたつある。もうひとつの椅子にはそれが三つある。ぼくは比較することができる。」彼はうずくまり、両手でその桟を握る。そしてそれを激しく

「みな自分を進歩させる責任を負っている。」

「害を及ぼす対象はすべて無害化される。」

「だれもがおのれの本分を果たそうと努める。だれもが自分自信に向かってしかりと言う。」

「仕事はみなの義務意識を養い育てる。」

「すべての新秩序は無秩序を生む。」

「みなが床に落ちている極小の塵に責任を感じている。」

「何ひとつ所有していない人間はみな、労働を所有の埋め合わせとしている。」

揺する。「桟の格子がはまっているものは椅子にきまってる」桟がまんなかあたりで割れる。彼はすばやくそれをつなぎ合わせる。「ポキッと折れるものは椅子の桟にきまってる。修理ずみだとごまかせるものは椅子の桟にきまってる。」彼は大きなテーブルのところに行く。彼は、今度は跪くとすぐに、ズボンの裾を膝の上までたくし上げる「ぼくはズボンが汚れないようにズボンを膝の上までたくし上げる。」彼は二、三度摑んだだけですばやく散らばっているものを片付ける。鷲づかみだ。「ものを切れるものはテーブルナイフにきまってる。顔を上に向けているものはトランプの札にきまってる。」彼は手の平全体を使って一本のマッチ棒をひろいあげようとする。でもうまくいかない。彼は同じことを二本の指を使ってやってみる。今度はうまくいく。「ぼくが手の平全体を使ってもひろいあげられないものはマッチ棒に

「苦悩はすべて自然の理にかなっている。」

「働く人間すべてに労働によって費やされる力を補うに必要なだけの休養時間が保障されなければならない。」

「みなが自分自身の世界を構築しなければならない。」

「秩序への熱狂が社会の転覆をもたらすのはゆきすぎだ。」

「一歩一歩が視野を広げてくれる。」

「テーブルはひとつの集積場だ。」

「部屋は住人のひととなりを語る。」

「住まいは秩序ある生活の前提だ。」

「花は、共通の中心に由来するかのように、配置すべきだ。」

「座っていられるのなら、立つのはやめたほうがよい。」

「身をかがめる動作がもっとも力を使う。」

「荷物は身体に近ければ近いほど軽くなる。」

「上の棚にはふだんそれほど必要としないものだけを置いておくとよい。」

きまってる。」彼は引き出しをすばやくテーブルに差し込む。彼は一本のマッチ棒をまだ手の平に握っている。彼はまだもう一本マッチ棒が床に落ちているのに気づく。彼はそのマッチ棒を拾い上げるが、すると別のマッチ棒が手から落ちる。彼がその別のマッチ棒を拾い上げると、前のマッチ棒が手から落ちる（その動きは精確そのものであり、スポットがそれを追う）。彼は初めてもう片方の手を使って、マッチ棒を拾い上げる。彼は二本のマッチ棒を二つの拳で握っている。今度は引き出しを開ける手がなくなってしまう。彼は引き出しの前に立ち尽くす。しまいに彼は一方の手にもう一方の手でマッチ棒を渡す。「ぼくは手を空にできる。自由に動き回ることができるものは手にきまってる。」彼は自由になった方の手で引き出しを大きく開く。彼は引き出しにマッチ棒をしまう。彼は同時にもう一方の手で引き出しを閉める。彼は反対の手を挟んでしまう。彼はその手を引っ張るが、他の手では引き出しを押し込み続ける。彼はその相反する努力にますます力を込める。しまいに彼は挟まっていた手を解き放つことができるが、同時に反対の手はいきおいよく引き出しを閉じる。彼は手を揉んで喜ぶこともなく、すぐさま動き出す。間髪を置かずに彼はドンという大きな音とともにテーブルのすぐそばにひっくり返っていたロッキングチェアを起こし、次の瞬間には倒れていた箒を立てかける。スポットがすばやく後を追う中を、彼は観客が気づく間もなく小さな三本足テーブルの前に跪いて、抜けていた足をねじ込む。そうしながら彼は非常な早口でしゃべる。「ガシャンという大きな音を立てるものはテーブルの引き出しにきまってる。ひりひりするものはひび割れた唇にきまってる。抵抗するものは倒れた箒にきまってる。道に立ちはだかるのは降

「道のりを縮めることは、力を省くことだ。」

「荷重は両手に振り分けるとよい。」

「テーブルは歩いて逃げ出すことはない。」

「仕事はたえず新しい目で見直すべきだ。」

「健康なものでなければ、多くを成し遂げることはできない。」

「無秩序は順当にものを考える人間たちの立腹を誘う。」

「もっとも効率的な仕事ができる作業面の高さを割り出さなければならない。」

り積もった雪にきまってる。ぎっこぎっこ揺れるものは揺り木馬にきまってる。ぶらさがってぐるぐる回るものは革のボールにきまってる。動かないものはタンスのドアにきまってる。」彼はいまタンスのドアの所へ歩いていって思い切りドアを閉めた。ドアはしかし閉まったままではいない。彼はまたドアを閉める。ドアがまたとてもゆっくり開く。彼はドアをしっかり押して閉める。彼が手を離すと、ドアはまた開く。「閉じないものはタンスのドアにきまってる。ぼくを怖がらせるものはタンスのドアにきまってる。ぼくの顔を殴るものはタンスのドアにきまってる。ぼくの手に噛みつくのはタンスのドアにきまってる。」(上の文はタンスのドアをパタンと閉める、あるいは押して閉める動作に対応している。)ついに彼はタンスのドアを開けたままにする。彼はソファのところへ行って、念入りに整頓しはじめるが、そうしなが

「人生のもっともすばらしい事柄のひとつが、食器等がきれいに並べられた食卓だ。」

「家のインテリアはおまえの補いとなるものであってほしい。」

「時間はきちんと配分すること。」

「何かがただで手に入ることはない。」

「指の爪はある人がきちんとしているか清潔かを精確に測る物差しだ。」

「感じのよい笑いをたたえていれば、おまえは仕事好きだと分かる。」

「もうずっと長いことそうあり続けてきたものを、

らソファを早くもすっかり舞台上へ押し出す。スポットが彼に先行し、ソファが止まる場所を指示する。彼はソファをそこへ押してゆく。別の二つのスポットが彼を先導し、二つの椅子が置かれる場所を指示する。（スポットは多分二つの円錐形で椅子の場所を指示するだろう。）彼はそこへ椅子を押してゆく。（スポットの光の色はみな違う。）もうひとつ別のスポットがロッキンチェアの場所を指示する。彼はスポットの後につづき、しかるべき場所にロッキングチェアを据える。もうひとつ別のスポットが早くも小さなテーブルのためのしかるべき場所を指示している。彼はそれをそこに据える。もうひとつ別のスポットがどうやら箒とちりとりのためのしかるべき場所を指示しているようだ。彼はその二つをそこに置こうとする。スポットは先へ動いてゆく。彼はスポットの後を追う。スポットは舞台裏へ入ってしまう。彼は箒とちり

一朝一夕で変えられると思わないことだ。」

「だれもがすべてをこなせなければならない。」

「みんながよろこんで自分の仕事に精を出すべきだ。」

「おまえの害になるように見えているものが、じつはお前の役に立つ。」

「おまえは自分の家のインテリアに責任感をもたなければならない。」

「床は板の合わせ目にそって掃く。」

「グラスは乾杯のとき明るい響きを立てるように打ち合わせる。」

とりを持ったままスポットを追って舞台裏へ行く。スポットは彼を連れずに戻ってきて、すでに舞台上のある場所を指示している。カスパーが姿を現す。彼は花の入った大きな花瓶を抱えている。彼は指示された場所へ花瓶を置く。もうひとつ別のスポットが小さなテーブルの上の何も置かれていない場所を照らす。彼は舞台から消え、鑑賞用フルーツを盛った深皿をもって戻ってくる。彼は深皿を小さなテーブルの上に置く。もうひとつ別のスポットが舞台の隅っこの何も置かれていない場所を照らし出す。彼は舞台から姿を消すと小さなスツールをもって戻ってくる。彼はそれを照らし出された場所に置く。もうひとつ別のスポットが舞台奥のカーテンの空白個所を照らし出す。カスパーがすのこ天井に向かって合図をすると、一枚の油絵がその空白個所めがけて降ろされてくる。（絵には何が書かれていてもよいが、舞台装置と調和

「一歩一歩がおまえにとって当たり前に感じられるようにならなければならない。」

「おまえはひとり立ちの行動をとれるようでなければならない。」

「片付いた部屋の中だと心も片付いていられる。」

「お前が二度目に目にする対象であれば、おまえはそれをすでに自分のものと呼んでもさしつかえない。」

するものでなければならない。）カスパーがその絵をぴったりの場所に取り付ける。彼は立っている。もうひとつ別のスポットが彼に先立って、開いたタンスの前へ行く。スポットは衣装を照らし出す。カスパーがタンスのところへ行く。彼はすばやく上着を脱ぐ。その脱いだ上着の置き場所が見つからない。スポットが舞台裏へ行く。彼はスポットに付いて舞台裏へ行き、コート掛けをもって戻ってくる。彼はコート掛けを照らされた場所へ置く。彼はそれに上着を掛ける。彼はタンスのところへ行って別の上着を取り出す。その上着を着る。彼はボタンをかける。彼は帽子を脱ぐ。彼はその帽子をコート掛けに掛ける。舞台がだんだんカラフルになってくる。彼はしまいにプロンプターのセリフに従って動くようになっていた。持続する音が小さく鳴り始めていた。その音がいまだんだん強くなってくる。上着はあきらかにズボンや他の

「手段の
つり合いがとれていることが
おまえの原則である。」

「流れる水が
腐ることは
ありえない。」

「部屋は
絵本のように
きれいでなければならない。」

「座ってばかりの生活は
不健康だ。」

「部屋は

オブジェにぴったり合っている。舞台上のすべてがすべてと調和している。一瞬の間カスパーは住宅のインテリア展示場に置かれた人形そっくりに見える。ただドアが開いたタンスだけがイメージを損なっている。持続する音がいっそう強くなる。カスパーは立ち尽くして視線を浴びている。舞台は祝祭日のようなはれやかな照明に照らし出されている。

古びないように
作るべきだ。」

「お前は自分の仕事に
自信を
示さなければならない。」

「ドアの蝶番には
木を食らう虫は
巣くわない。」

「おまえは達成したものに
自信を持つことができなくてはならない。」

「おまえの幸福は
おまえが成しとげたことによって決まる。」

「だいじなのは
場に居合わせることだ。」

「ドアには施錠しても
外界との交渉は断たないようにする。」

「すべての対象が
おまえのイメージの欠けている部分を
補わなくてはならない。」

「およそ仕事とは
おまえがそれを通じて成しとげることの
総体にほかならない。」

「秩序が
魂の失せた秩序で
あってはならない。」

「おまえの所有するものが
おまえなのだ。」

「暗い部屋に住んでいると
余計な想念ばかりに
付きまとわれる。」

「対象の
秩序が
幸せ
の
ための
あらゆる
前提を
作りだす。」

「暗闇の中では悪夢であるものが
光の中では
悦ばしい
確信である。」

「すべての秩序がやがて
その恐ろしさを
失うときが来る。」

「おまえは満足を味わうために
生まれてきたのではない。」

26

舞台の明かりが非常にゆっくり消えてゆき、音も明かりに合わせて小さくなる。明かりが消えてゆくのに合わせて、カスパーが語る。彼はとても低い耳に心地よい声で語り始めるが、明かりが次第に消え、音が小さくなってゆくにつれて、声を強めてゆき、やがて舞台が暗くなればなるほどそして音が小さくなればなるほど、彼の声はけたたましく耳障りなものになる。しまいに完全な暗闇が訪れ、音が中断されると、彼の声はこの上なく高い犬の鳴き声のようなものに変わる。「明るいものはみんなごやかだ。静かなものはみんななごやかだ。自分の居場所をわきまえているものはみんななごやかだ。なごやかなものはみんな穏やかだ。穏やかなものはみんな心地よい。心地よいものはみんなくつろげる。くつろげるものはみんなもう不気味じゃない。ぼくが名指しできるものはみんなもう不気味じゃない。もう不気味じゃなくなったものはみんなぼくのものだ。ぼくのものはみんなぼくになじみのものだ。ぼくになじみのものはみんなぼくの自信を強めてくれる、ぼくになじみのものはみんなぼくをほっとさせてくれる。

カスパーが語っている間に、プロンプターはカスパーの語りを分かりにくくすることのない仕方で、おおよそ以下のテクストを、順序をでたらめにして語るのだが、いうまでもなく彼らの語り自体は、小声での語り、入りまじる語り、音節の省略、文末と文頭を逆転した語り、アクセントの間違い等々によって、この上なく分かりにくくされている。

ぼくになじみのものはみんなちゃんとしてる。ちゃんとしてるものはみんなすばらしい。すばらしいものはみんなぼくの目に心地よい。ぼくの目に心地よいものはみんなぼくの役に立つ。ぼくの役に立つものはみんなぼくの気持ちをやわらげる。ぼくの役に立つものはみんなぼくをよい人にしてくれる。ぼくをよい人にしてくれるものはみんなぼくを何かの役に立つ人にしてくれる。」今舞台は漆黒である。またとてもゆっくり明るくなるにつれて、カスパーがまた、最初は耳に心地のよい声で、だが明るさが増すにつれてますますけたたましく高くなってゆく声で語り始める。「だいじょうぶなものはみんな、ぼくがだいじょうぶだと請け合う以上もちろんだいじょうぶだ。それはぼくが死んだ蠅が床で動かないと請け合う以上床で動かないものはみんな死んだ蠅でしかないのと同じだ。それはぼくがそいつらはしばらくじっとし

「テーブルを叩いた（断固たる意思を示した）。椅子の間に座った（優柔不断な態度をとった）。袖をまくり上げた（やる気を示した）。床の上を動かなかった（堅実な態度をとった）。舞台裏を覗いた（人の秘密に首を突っ込んだ）。両手に唾した（気合を入れた）。テーブルを叩いた。床の上を動かなかった。袖をまくり上げた。椅子の間に座った。両手に唾した。テーブルを叩いた。共通のテーブルに座った。テーブルを叩いた。イラクサの中に座った。ドアをバタンと閉めた。袖をまくり上げた。椅子を叩いた。さんざんにむち打った。テーブルを叩いた。断固とした態度をとりつづけた。イラクサの中に座った。床に叩きつけられた。提案を叩きつぶした。固めた拳骨を見せつけた。さんざんにむち打った。胃の上を叩いた。根こそぎ奪い取った。床を叩き壊した。両足の前に唾した。両眉の間を叩いた。磁器を粉々にした。イラクサ

ているだけだと請け合う以上床で動かないものはみんなしばらくじっとしているだけなのと同じだ。それはぼくがそいつらは身動きを始めると請け合う以上じっとしているものはみんな身動きを始めるのと同じだ。それはぼくが請け合うものはみんなだいじょうぶだとぼくが請け合う以上ぼくが口にするすべてはだいじょうぶなのと同じだ。」

27

いまカスパーにまっとうな人間が世の中を渡るのに必要な文のモデルが教え込まれる。彼は最後の文を口にしていた間にすでにロッキングチェアのところへ行っていた。次の語りがつづく間、彼はロッキングチェアに座って、ゆっくり椅子を前後に揺すり始める。最初彼の語りは、力はこもっているが棒読みでメリハリがないが、やがて文に丸が打たれ、ついに点も打たれ、意味の過度なまでの中を叩いた。テーブルを叩き壊した。胃のど真ん中を叩いた。共通のテーブルを叩き壊した。床に叩きつけられた。舞台の書き割りを叩き壊した。ドアを叩き壊した。ヤジを飛ばした男を叩きのめした。断固とした態度をとりつづけた。偏見を叩き壊した。」

カスパーがロッキングチェアに座っている間、まずは舞台上方で隠喩語法の稽古をしているプロンプターの科白が繰り返される。彼らの科白はいま、カスパーが沈黙しているため、前より聞き取りやすくなっていて、終わりの方でははっきり聞き取れるのだが、やがてそのパッセージが終わる前に始められる以下のモデル文に移行する。

「どの文もおまえの助けになりつづけている。お

の強調がなされ、そしてしまいに文のモデルが語られる。

まえは文によっていかなる対象をも乗り越える。文は、おまえが実際に対象を乗り越えることができないとき、おまえが対象を乗り越えるのを助けてくれるから、おまえは実際に対象を乗り越えることになる。文は、他の文に置き換えが可能だから、おまえが他のすべての文を乗り越えるのを助ける。ドアには二面がある。真理には二面がある。ドアに三つの面があるなら、真理にも三つの面があることになるだろう。ドアにはたくさんの面がある。真理にはたくさん飲めんがある。ドア。真理。ドアがなければ真理はない。おまえはズボンの塵をはたき落とす。おまえはおまえの頭から想念をはたき出す。おまえはズボンから塵をはたき落とすことができなければ、頭から想念をはたき出すことはできない。おまえは最後まで語り通すことができなければ、最後まで考え通すことはできないし、ぼくは最後まで考え通すという文を口

「瞳は丸い不安は丸い瞳が消え去っていたら不安も消え去っていただろうしかし瞳は現存し不安は現存する瞳が誠実でなかったならぼくは不安は誠実だと言えないだろう瞳が許されていなかったら不安は許されていないだろう瞳がなければ不安はない瞳が適度に抑えられていなければぼくは不安は室温では生じないとはいえないだろう不安は許容されているよりも誠実度が低い不安はしたたり落ちるが逆に人肌の暖かさだ」

にすることはできない。おまえは事柄を確かめる。おまえは熟考する。おまえは事柄を確かめることができなければ、ぼくは熟考するという文を口にすることはできない。おまえは事柄を確認することができなければ、熟考することはできない。」

「おまえは立っている。テーブルは立っている。テーブルは立っていない。そこに置かれたのだ。おまえはよこたわっている。死者はよこたわって

「肥った男は本物だ冷や汗をしょっちゅうかく肥った男が本物でなくて彼の冷や汗が珍しければ肥った男が不安がることはありえないだろう肥った男が腹ばいになれないならぼくは彼は立ち上がることもないし歌うこともありえないとは言えないだろう」

いる。死者はよこたわっていない。死者はよこたえられたのだ。もしおまえが立っていられずよこたわっていられないならば、おまえはテーブルが立っていて、死者がよこたわっているとは言えないだろう。もしおまえがよこたわっていられず立っていられないなら、おまえは、ぼくはよこたわることも立っていることもできないとは言えないだろう。」

「部屋は小さいけれど、自分のものだ。スツールは低いけれど、座り心地がよい。判決は厳しいけれど、公正だ。あの金持ちは金満家だけれど、悪

「雪は控えめに降る。蝿は水面を渡るがおとなしい。兵士は泥の中を這うが満足げだ。鞭は背中に打ちかかるが埒は超えない。馬の道化が走って罠に落ちるが世界とは折り合っている。有罪判決を受けた者が小躍りするが分別は失わない。」

い人間ではない。あの貧しい男は一文なしだけれど、仕合わせだ。あの老人は年取ってはいるけれど、矍鑠としている。あの著名人は有名だけれど、いい人だ。あの狂人は頭はおかしいけれど、無邪気だ。あの犯罪者は人間のくずだが、それにもかかわらずひとりの人間だ。あの不具者は同情に値するが、それでもやはりひとりの人間だ。あの外国人は変わっているけれど、それは問題ではない。」

「指輪は装飾品でもあり貴重品でもある。共同生活は負担であるだけでなく楽しみでもある。戦争は不幸だが、しかし避けることができない場合も往々にしてあるものだ。未来は暗くもあるが、未

「向日葵《ひまわり》はありあまるほど豊かだがその上に夏と冬でもある。部屋の一角に鍵型に置かれた長椅子は明るくかがやきひたすら喉の渇きを誘うが昼のさなかに眺めてものどかな人生の黄昏を過ごしているとしか見えない。よりよい解決は努力目標たるに値せずぼくの思うままになるけれどどんな介入も断固として強硬に退ける。」

来は有能な人間のものでもある。遊びは気晴らしであるばかりでなく、現実への手ほどきもしてくれる。強制はいかがわしいが、それが有効な場合もある。粗野な青年時代は不当ではあるが、鍛えてもくれる。飢えはひどいけれど、もっとひどいこともある。鞭打ちは非難されるべきことではあるけれど、ポジティブな面を見ておく必要もある。」

「食卓の準備に心がこめられればこめられるほど、おまえはよろこんで家に戻りたくなってくる。住宅が不足すればするほど、考えは危険なものになってゆく。おまえはよろこんで仕事に打ち込めば打ち込むほど、本来の自分が見いだせるようになってくる。おまえの登場の際の足取りが確かであればあるほど、おまえの前進は容易になる。相互の信頼が深まれば深まるほど、共同生活は容易になる。手の平が湿ってくればくるほど、人間全体の安定が崩れてくる。住まいが清潔であればあるほど、住人のさっぱりさ加減も増してくる。南に行けば行くほど、住民は怠けものになってくる。」

「薪が屋根の上に積まれれば積まれるほどパン焼き窯の中の黴が増える。地下室を備えた家のある町が増えるほど石炭のボタ山での活動が増える。洗濯紐が明るくかがやけばかがやくほど通商部門の首つり人の数が増える。山岳地帯で理性を要求する声が強まるほど大自然の中では弱肉強食の掟が支配を強める。」

「大きな花瓶が床の上に置かれるのが当然なのは、

「粉袋がネズミをぶち殺すのはあたりまえだ。焼きたてパンが早産を誘うのはあたりまえだ。投げ捨てマッチが信頼の意思表示のさきがけになるのはあたりまえだ。」

少し小さな花瓶がスツールの上に置かれるのが当然であり、もっと小さな花瓶が椅子の上に置かれるのが当然であり、さらに小さな花瓶がテーブルの上に置かれるのが当然なのと同じだが、蔓性の花がもっとも高いところに生けられるのも当然である。仕合わせが果たした仕事に応じて決まるのは当然である。絶望がここにふさわしくないのも当然である。」

「おまえはすべての対象から何か目新しいものを獲得する。だれも物事に超然とはしていられない。太陽は毎日上ってくる。あらゆる復興は平和を意味する。だれも孤絶した島ではない。勤勉な人はみなどこへ行っても歓迎される。だれも自分の

「引き裂かれた藁はすべて進歩勢力の投票用紙だ。年の市が全員の安全を意味することはない。水が滴る水栓はすべて健康な生活の範例だ。分別をわきまえた腕が燃える百貨店のために持ち上げられることはない。死体に突き刺さる錐《きり》は一分間に六千回弾を発射する速射砲に匹敵する。」

「猫は前進ではない。石ころは完全充足された需要ではない。藁人形は死者数ではない。脱走は平等ではない。一本の紐を、道を横断して張り渡すことに永続的価値はない。」

仕事をさぼるわけにはいかない。新しい靴はみな最初は痛い。だれにも他人を搾取する権利はない。礼儀正しい人はみな時間を守る。自分に恃むところのある人はだれも、自分のために他人を働かせはしない。理性的な人間はみな一歩歩むごとに全体的状況を顧みる。だれも他人に後ろ指をささない。すべての人間が尊重に値する、掃除婦だってそうだ。」

「貧困は恥ではない。戦争は遊びではない。国家は盗賊団ではない。家は避難民をかくまう城塞ではない。労働は蜜をなめるような楽なことではない。自由とはフリーパスのことではない。沈黙は弁解ではない。」

「犬は吠える。指揮官は吠える。」

「雪崩はのたくる。瀕死の男はのたうつ。」

「旗ははためく。瞼はまたたく。」

「笑う男の喉はクックと鳴る。湿地の沼はゴボッと鳴る。」

「動物が突発死する。砲弾が爆発する。もし動物が突発死しないのなら、おまえは砲弾が爆発すると言うことはできない。」

「水位が上がる。熱が上がる。もし水位が上がらなければ、熱も上がらないだろう。」

「怒れる男が怒りをくすぶらせる。雷鳴が低くとどろく。怒れる男がいなかったなら、雷鳴は低くとどろかないだろう。」

「風船が膨らむ。歓声が膨らむ。風船がなかったなら、歓声は膨らむことができないだろう。」

「せわしない男がじたばたする。首を吊された男がじたばたする。せわしない男がいなかったなら、

「薪はポキッと折れる。骨はポキッと折れる。」

「ドアはパッと開く。肌はパッと裂ける。マッチは燃える。パンチは燃える。草は震える。不安な男は震える。平手打ちはパチンと鳴る。身体はパチンと鳴る。舌は嘗める。炎は嘗める。鋸はうなる。拷問を受けて男はうなる。雲雀はさえずる。警官は呼び子を鳴らす。血は滞る。息は途切れる。」

「状況の描写が、状況の唯一ありうる描写だというのは真実ではない。真実はむしろその逆に、状況の描写の他の可能性が存在するということなの

首を吊された男はじたばたできないだろう。」

「流された血は天に向かって叫ぶ。不正は天に向かって叫ぶ。もし流された血がなければ、不正は天に向かって叫ぶことができないだろう。」

「状況が描写される通りだというのは真実ではない。真実なのはむしろ、状況は描写されるのとはちがうということだ。ある状況の描写がその状況の唯一可能な描写だというのは真実ではない。真実なのはむしろそれとは裏腹に、状況の描写にはほかの可能性がいくつも存在するということだ。

だ。」カスパーは最後までいっしょに話し続ける。

「ぼくは落ち着きを取り戻す。」

「ぼくはまだ叫んでいた。」

そもそも状況を描写するということは事実に合致しない。およそ状況は描写しないというのがむしろ事実に合致している。状況が事実に合致しているというのは真実ではない。」

「おまえは身をかがめる。だれかがおまえを見る。おまえは身を起こす。おまえはおまえを見る。おまえは身動きする。だれかがおまえのことを思い出す。おまえは座る。おまえは覚えている。おまえは恐れる。だれかがおまえをなだめる。だれかがおまえを説得する。おまえはいそぐ。おまえは自分を説得する。おまえは落ち着けない。」

「おまえはもう拳固を握りしめている。」

「おまえはまだ一息ついていた。」

「ぼくはもう来ていた。」

「ぼくはまだ立ち止まったままだった。」

「ぼくはもう目が覚めていた。」

「ぼくはもう手足を動かしていた。」

「ぼくはもう小声で話してる。」

「ぼくはまだなにも着ていなかった。」

「ぼくはもう外に出てる。」

「ぼくはまだ信じることができない。」

「ぼくはもう走ってる。」

「椅子はまだ元の場所に位置している。」

「まだ何も変わっていない。」

「ドアはもう施錠されている。」

「何人かはまだ眠っていた。」

「まだコツコツ叩く合図の音が聞こえている。」

「まだ経験から学ばない者たちがいる。」

「まだあちこちでごそごそ動く者がいる。」

「多くの者はもう両手を頭の上に載せている。」

「ぼくはもう首をすくめてる。」

「ぼくにはもう聞こえてる。」

「ぼくはもう分かってる。」

「ぼくはもう知ってる。」


「通っていった」

「生体重量」

「軽やかで明るく」


「何人かはまだ息をしている。」

「だれかがまだ異議を唱えていた。」

「まだただ一人囁く者がいる。」

「まだ切れ切れに銃声がする。」


「おまえ」

「おまえ」

「おまえ」

「即使用可」

「求めるものはなし」

「よりよき人生」

「よく笑った」

「すべてを克服する」

「いたるところで勝利するだろう」

「妊産婦死亡率を下げた」

「先頭を切っていた」

「おまえ」

「おまえ」

「おまえ」

「おまえ」

「おまえ」

「おまえ」

「おまえ」

「おまえ」

「おまえ」

「包容力をひろげる」
「免れている」
「平和な未来に」
「世界との関わり」
「ものごとを近づける」
「平和目的」
「安定的に成長する」
「やむをえず閉鎖」
「保護専用」

「おまえ」
「おまえ」
「おまえ」
「おまえ」
「おまえ」
「おまえ」
「おまえ」
「おまえ」

「阻止不能」
「伸びをした」
「どしどし歩いた」
「叫んだ」
「いたし、いる」
「自分だと分かった」

「おまえ」
「おまえ」
「おまえ」
「おまえ」
「おまえ」
「おまえ」

「おまえは自分の口に出すことが分かっている。おまえは自分の考えていることを口に出す。おまえは自分がどう感じているかを考える。おまえは何がだいじかを感じている。」

「おまえは何がだいじか分かっている。おまえは自分が何をしたいか分かっている。おまえはやる気があればできる。おまえはやる気がありさえすればできる。おまえはやむをえなければできる。」

「おまえはみんながしたいことしかしたくない。おまえがしたいのは、せっつかれていると感じるからだ。おまえはそれができると感じる。おまえはそれができるから、しないではいられない。」

「おまえの考えていることを言ってみろ。おまえは自分が考えていることしか言えない。おまえは自分が考えてもいないことを言うことはできない。おまえの考えていることを言ってみろ。おまえは自分が考えていないことを言いたいのなら、すぐにそれについて考え始めなければならない。おまえの考えていることを言ってみろ。おまえは話し始めることができる。おまえは話し始めることができなければならない。おまえは話し始めるとき、たとえほかのことを考えたいと思っていても、自分の話すことを考え始めているのだ。おまえの考えていることを言ってみろ。おまえの考えていないことを言ってみろ。おまえは話し始めた時点で、自分の言っていることについて考えているのだ。おまえは自分の言っていることについて考えている、とはすなわちおまえは自分の言っていることについて考えることができる、とはすなわちおまえが自分の言っていることを考えるのはよいことである、とはすなわちおまえは自分の言っていることを考えるべきなのだ、とはすなわちおまえは自分の言っていることを考えることが許されていると同時に、おまえは自分の言っていることを考えなければならない、というのもおまえには自分が言っていること以外について考えることは許されていないからだ。おまえの言っていることを考えてみろ。」

「ぼくがいるとき、ぼくはいた。ぼくがいたとき、ぼくはいる。ぼくがいれば、ぼくはいるだろう。ぼくがいるだろうなら、ぼくはいた。ぼくがいたけれど、ぼくはいるだろう。ぼくがいるだろうけれど、ぼくはいる。

　ぼくがいるたびごとに、ぼくは前にいた。ぼくが前にいたたびごとに、ぼくはいた。ぼくがいた間は、ぼくはかつていた。ぼくが前にいた間は、ぼくはいるだろう。ぼくがいるであろうことにより、ぼくは前にいた。ぼくが前にいたことにより、ぼくはいる。

ぼくがいることを通じて、ぼくはかつていた。ぼくがかつていたことを通じて、ぼくはいた。ぼくがいたことによらずして、ぼくはかつていた。ぼくがかつていたことによらずして、ぼくはいるだろう。ぼくがいるだろうために、ぼくはかつていた。ぼくがかつていたために、ぼくは前にいた。ぼくが前にいたよりも前に、ぼくはかつていた。ぼくがかつていたよりも前に、ぼくはいる。ぼくがいるから、ぼくはかつていただろう。ぼくがかつていただろうから、ぼくはいた。ぼくがかつていたので、すぐにぼくはいた。ぼくがいるだろうので、すぐにぼくはいただろう。ぼくがかつていただろうけれど、ぼくはいるだろう。ぼくが前にいたけれど、ぼくは前にいただろう。ぼくが前にいただろうから、ぼくは前にいた。ぼくがかつていたから、ぼくは前にいただろう。ぼくが前にいただろうから、ぼくはかつていた。ぼくがいるから、ぼくはまえにいただろう。ぼくはいまいるぼくだ。ぼくはいまいるぼくだ。ぼくはいまいるぼくだ。」

カスパーはロッキングチェアを揺するのをやめる。

「なんであそこを黒い虫ばっかりがぐるぐる飛んでいるのだろう。」

舞台が漆黒と化す。

28

しばらくの静寂の後に、舞台はまた明るくなるが、その間にプロンプターがふたたび語り始める。

「おまえはモデル文を手中にしていて、それによって困難を切り抜けることができている。おまえはそれらのモデルを文に適用することにより、無秩序にみえるものをすべて秩序化することができる。おまえはそれらが秩序化されたと宣言してもよい。すべての対象は、おまえがそれらを名付け

29

る通りのものであってよい。おまえは、対象をおまえがそれについて語るのと別なものとして見るなら、間違いをおかさざるをえない。おまえは自分に向かって、自分は間違っていると言わざるをえないが、そうすれば対象を正しく見ることができるようになる。おまえが自分に向かってすぐにそう言う気にならないとしたら、それはとりもなおさずおまえが無理強いされたがっているということであり、最後にはそれを口にしたくなる。」

いま舞台はすっかり明るくなっている。カスパーはじっと静かにしている。

「おまえは学ぶことができ、ひとの役に立つ人間になることができる。境界線が存在しなかったとしても、おまえがそれを引けばよい。おまえは気づき、感想を述べ、無邪気きわまりない仕方で気配りすることができる。どの対象もみな貴重品になる。おまえはきちんとした大人になれる。」

もっと明るくなる。カスパーはもっと静かになる。

30 「おまえは文によって落ち着くことができる。おまえはちゃんとおとなしくしていられる。」

とても明るい。カスパーはとても静かだ。

31 「おまえの殻は破られた。」

32 舞台はすぐに真っ暗になる。

一瞬の後、「おまえは汚れに染まりやすくなる。」

33

舞台がとても明るくとまではいかないが、明るくなる。カスパーがロッキングチェアに静かに座っている。同じ顔の同じ面を被り、同じ服を着た第二のカスパーが側方から舞台に姿を現す。彼は箒をもって登場するやすぐに掃き始める。彼は舞台をすばやく掃くのだが、その動きの一部始終が例えば一個のスポットによってはっきりと示される。彼はタンスのそばに近づきざま箒でタンスのドアにぶつかるが、ドアは閉まらない。彼はソファの下をていねいに掃く。彼はゴミを慎重に舞台脇へ掃き集める。彼は舞台全体を横切って戻り、ちりとりを取り上げる。彼は舞台全体を横切って戻り、ちりとりにゴミを掃き集める。彼はゴミを一度ではちりとりに載せきれない。かれはゴミを二度目の試みでもちりとりに載せきれない。彼はいろいろなオブジェの間を第一のカスパーの邪魔にならないようにまっすぐでなくジグザグにあとずさりながら舞台全体を横切るが、その間もゴミをちりとりに取り集めようとし続ける。彼は掃いて掃いて掃き続けながら、舞台の奥に姿を消す。その瞬間舞台は漆黒と化す。

34

一瞬の後、「おまえは自分が身動きしていることに気づかなければならない。」

35

舞台が明るくなる。第三のカスパーが側方から登場するが、彼は第四のカスパーに同行している。第四のカスパーは歩行をひどく妨げられている。彼は松葉杖にすがって、両足を引き摺りながら、ほとんど前進していると分からないくらいに、非常にゆっくり動く。第三のカスパーは何度も速度を速めるが、しかしその都度歩行を妨げられたカスパーが彼に追いつくまで待っていなくてはならない。それには非常に長い時間がかかる。ふたりは舞台前方を横切るように歩くが、第三のカスパーの方が第四のカスパーより観客に近いところを歩く。第三のカスパーは第四のカスパーの足取りに合わせることもあるが、自分に合った足取りにもどることもあって、そうなると当然また待たなければならなくなる、なぜなら彼は第四ののカスパーに同行しているからだ。ふたりはそういうわけで上述のごとく「耐えがたいくらい」のろのろと足を引きずりながら第一のカスパーの前を通って舞台を横切ってゆく。ふたりがついに姿を消すと、そのとたんに舞台は漆黒となる。

36

一瞬の後、「おまえはやり遂げられないことがあれば、それを遊びにすればよい。」

37

舞台が明るくなる。さらにふたりのカスパーが違う方向から登場し、舞台上で近づく。ふたりはすれ違おうとする。彼らは同じ方向に身をかわす。ふたりは鉢合わせする。彼らは反対方向に身をかわそうとする。彼らはまた鉢合わせする。彼らは最初の方向へ向けて同じことを繰り返す。彼らは危うく鉢合わせをする。最初は不器用で自然に見えていたことが、だんだんリズムに乗ってくる。その動きがだんだん速く、滑らかになる。ふたりはもう鉢合わせはしなくなる。やがてふたりは上半身を動かすだけとなり、しまいには首を振るだけとなる。ついにふたりは完全に静止する。次の瞬間ふたりは早くも互いの周りに大きく優雅な弧を描き舞台の右手と左手の脇から出て行く。そのふたりが身をかわそうと試みている間中、第一のカスパーは一枚の開かれた地図をきちんと畳もうと試みていた。しかしうまくいかなかった。しまいに彼は、たぶんアコーデオンで、どんちゃん騒ぎを始めていた。そうするうち、他のふたりのカスパーが舞台を去る瞬間に、突然地図が畳めてしまう。同時に舞台は漆黒と化す。

38

一瞬の後、「すべてはおのずから秩序を回復することに気づかなければならない。」

39

舞台が明るくなる。もうひとりのカスパーが舞台側方から登場する。彼は分厚いクッションが敷かれたソファの前に立ち止まる。彼は拳でクッションを押しながら、ソファの横に回る。観客には舞台後方に投影される映像を通しても、押しつぶされたクッションがとてもゆっくり膨らんでくる様子が克明に見てとれる。クッションは最後にピクッと動いて元の形に戻る。すぐに舞台は漆黒と化す。

40

一瞬の後、「さまざまな運動。」

41

もうひとりまた別のカスパーが舞台側方から登場する。彼は手でボールを握っている。彼はそのボールを床に置いて、あとずさる。ボールが転がる。カスパーがそこへ行って、ボールを元の位置に戻す。ボールが転がる。カスパーがとても長いことボールの上に手を置いている。彼はあとずさる。ボールが転がる。舞台は漆黒と化す。

42

一瞬の後、「痛み。」

43

観客はまだ暗い中で二本のマッチが擦られて火がつくのを見る。舞台が明るくなると、最後のカスパーがソファに座っていて、第一のカスパーはロッキングチェアに座っている。彼らは指の間にマッチを挿んでいる。そのマッチが燃え尽きる。炎が指に触れる。ふたりは黙ったままだ。舞台が漆黒と化す。

44

一瞬の後、「騒音。」

45

明るくなると、第一のカスパーがひとり舞台に立っている。彼はすでに大きなテーブルの傍らに立っている。彼は水の入った口の広いビンを手に取るとそのそばに置かれたコップに少し水を注ぐ。水音が桟敷席の上の方までとてもはっきり聞こえる。彼は動きを止める。彼はコップの水をすばやくビンに戻す。彼はビンを手に取り、水をゆっくりビンからコップに注ぎ戻す。水音がもっとはっきり聞こえる。コップがいっぱいになると、舞台は漆黒と化す。

46

一瞬の後、「ひとつの音。」

47

先ほどより早く明るくなったとき、第一のカスパーはテーブルのそばに立っているが、別のカスパーが舞台側方に立っている。彼は分厚く巻かれた紙の筒を手に持っているのだが、それには太い輪ゴムが掛かっている。彼は輪ゴムを少しずつ紙筒からはずしにかかる。輪ゴムが筒から外れて飛ぶ。その音が聞こえる。舞台がすぐに漆黒と化す。

48

一瞬の後、「ひとつの眺め。」

49

まだ舞台が暗いうちに観客は物音を聞く。いま明るくなると、第一のカスパーがまた舞台にひとりでいる。彼はテーブルに向かって座っていて、そこには果物のイミテーションの盛られた器が置いてある。彼は手にリンゴを持ち、すでにその皮をむきかけている。彼は皮をむき続ける。むかれる皮のひもがどんどん長くなってゆく。リンゴがすっかりむかれる前に、カスパーが手を止める。彼はそのリンゴをイミテーションの果物の上に置く。剝いた皮の紐がだらんと垂れ下がっている。舞台が漆黒と化す。

50

プロンプターはじっと静かにしている。

51

舞台が明るくなる。カスパーがテーブルとタンスの中間に立っている。彼は片方の手で固い拳固に結んだもう片方の手の指を一本ずつ力尽くでこじ開けようとしているのだが、その手が頑なに拒むので、いっそうしつこく開けようとする。しまいに彼は思い切り手の平をこじ開ける。中は空っぽだ。舞台が漆黒と化す。

52

舞台が前より速くまた明るくなる。もうひとりのカスパーがソファに座っている。第一のカスパーがそのカスパーを眺めている。舞台が漆黒と化す。

53

舞台が前よりもっと速くまた明るくなる。カスパーがまたひとりで舞台にいる。彼はタンスの前に立ち、顔を観客の方に向けている。舞台が漆黒と化す。

54

舞台が前よりもっと速くまた明るくなる。カスパーが自分の身体を見下ろしている。舞台が漆黒と化す。

55

カスパーが自分を捕まえようとしている。彼はまず舞台上に大きな輪を描くようにして自分を追いかけて走り、次に次第に輪を狭めながら螺旋状に走り、やがて一個所で旋回しながら自分を摑もうとし、ついには一個所に立ったまま両手だけを身体に回して自分を捕まえようとするのだが、その後でじっとしたとたんに、舞台が漆黒と化す。

56
舞台が前よりもっと速くまた明るくなる。カスパーが観客に背を向けてタンスの前に立っている。舞台が漆黒と化す。

57
舞台が明るくなる。カスパーがすでにタンスのドアを閉めようとしている。彼はそのドアが開かないように長いこと押し続ける。彼は一歩あとずさる。タンスのドアは閉じたままだ。舞台が漆黒と化す。

58
舞台が明るくなる。とても明るい。カスパーがタンスにもたれかかっている。舞台はとても調和的に見えている。和合が生じている。一台の専用スポットがカスパーに向けられる。彼はさまざまなポーズをする。彼は繰り返し腕と脚の位置を変える。例えば彼は腕組をし、一方の脚を前に出し、腕を下ろし、脚を組み、両手をポケットに、最初はズボンの、次に上着のポケットに突っ込み、脚を広げ、しまいに両手を腹の前で交差させ、両足を揃え、最後にやはりまた胸のところで腕組する。そして両脚をまっすぐ伸ばして揃える。彼は話し始める。

「ぼくは健康で丈夫だ。ぼくは正直ででしゃばらない。ぼくは責任感が強い。ぼくは熱心で、控えめで、慎重だ。ぼくはいつも愛想がいい。ぼくはあまりうるさいことを言わない。ぼくは自然体の人好きのするタイプの人間だ。ぼくはみんなから好かれる。ぼくは何ごとにも備えができている。ぼくはみんなの役に立つ。ぼくの几帳面さと清潔好きは非の打ち所がない。ぼくの知識は人並み優れてる。ぼくは任された仕事はすべて完全に満足のゆくようこなしている。ぼくについてはみなが望みどおりの評価を下すことができる。ぼくは平和を愛する品行方正な人間だ。ぼくは些細なことですぐに大声を上げるようなタイプではない。ぼくは物静かで、義務感の強い、懐の深い人間だ。ぼくはよいことであればなんにでも感激できる。ぼくは前進したい。ぼくは学びたい。ぼくはものごとの役に立ちたい。ぼくは長さ、幅、高さの感覚を持っている。ぼくは何がだいじかをわきまえてる。ぼくはものをおろそかにあつかうことをしない。ぼくはすでにすべてのことに慣れ親しんだ。何事もますますうまくいくようになってきてる。ぼくは順調だ。ぼくには死を選ぶ覚悟もある。ぼくの頭は明晰になった。ぼくはついにひとりきりにされても平気になった。ぼくは自分の最良の面を表に出したい。ぼくはだれも責めない。ぼくはたくさん笑う。ぼくはどんな言葉にも韻が踏める。ぼくには特別目だったところはない。ぼくは笑うとき上の歯茎を剝き出さない。ぼくの左目の下に傷跡はないし右耳の後ろにほくろはない。ぼくは公共の秩序を乱さない。ぼくは何かの一員でいたい。ぼくは協力がしたい。ぼくは達成したことが誇りだ。ぼくはさしあたって何にも不自由してない。ぼくは尋問にも持ちこたえられる。ぼくの前には新しい道が開けてる。これはぼくの右手で、これがぼくの左手だ。いざとなれば家具の中に潜り込めばいい。現場に居合わせること、いつだってそれがぼくの望みだった。」

彼はタンスから離れ、一二歩歩く、タンスは閉じられている。

「ぼくには以前自分は全然存在しないと思えていたけど、いまでは自分がいっぱいいすぎるように思える。そして以前は多すぎるくらいあったものが、いまではほとんど少なすぎるくらいになってしまった気がする。」

彼はいつのまにかゆっくりとまた前へ向かって歩いていた。タンスは閉じられている。

「以前は文に苦しめられていたけど
いまは文がいくつあっても足りない
以前は言葉に追い回されていたけど
いまは文字のひとつひとつと遊んでる。」

彼は立ち止まる。

「ぼくは、以前はいつも尋ねられたときしか話しをしなかったけど、いまは自分から話す。でもいまは尋ねられるまで、話すのを待ってることができる。」

彼は一歩ないし数歩歩く。

「以前はぼくにはきちんとした話はみんな苦手だった。
そしてきちんとしたことはきらいだった。
でもこれからのぼくはきちんとした人間だ。」
彼は一歩踏み出すかあるいは立ち止まったままでいる。
「ぼくは、以前は椅子を倒し、二個目の椅子を倒し、三個目の椅子も倒した
すべてがきちんとしたいまぼくの行いは変わってきてる。」
彼はおよそ一歩前へ出る。
「ぼくは静かだ
ぼくはいま
もうほかの誰かになりたいと思わない
もうぼくを
ぼくに向けてけしかけるものはない。
すべてのものがぼくに
やさしくなった
そしてぼくも
すべてのものを
受け入れられるように

なった。
ぼくはいま自分が何をしたいかが分かる
ぼくは
静かで
いたい。
そしてぼくはぼくにとって
不気味なものすべてを
自分のものと呼ぶ
そうすればそれは
ぼくにとって不気味なものでなくなるから。」

彼は舞台の脇の方へ行きかけるが、何歩か歩いた後で戻ってきて、何か言い残したことがあるような振りをする。彼は何も言わない。彼は再び今度はもっと先まで歩いて行くが、また少し戻ってきて、何か言い残したことがあるような振りをする。彼は何も言わない。彼はほとんど舞台から退場しかけるが、また一、二歩戻ってきて、何か言い残したことがあるような振りをする。彼は何も言わない。それから彼はいそいで姿を消す。すっかり人気のなくなった舞台の上でタンスのドアがまたとてもゆっくり開く。大きく開いたタンスのドアが静止点に達するやいなや、一撃で舞台が漆黒と化すが、それと同時に観客席が一撃でとても明るくなる。休憩である。観客席のドアがいっせいに開かれる。

59

数瞬間後に観客が観客席とすべてのロビーで場合によっては劇場前の歩道でも耳にするのは、スピーカーを通して最初はほとんど聞き取れないくらいの小声で語られる休憩時間用のテクストである。それはプロンプターたちの声のテープ録音、挿入されるさまざまな物音、何らかの機会に語られた本物の政党党首たち、法王たち、あらゆる種類の公衆を前にした演説家たち、そしてまた大統領や首相たち、多分は本物の作家たちのオリジナル録音を合成したものである。文はけっして完結せず、他の文の切れ端によって補われたり引き継がれたりする。観客は楽しんで当然の休憩中の会話を中断されることはないが、ときどき少しだけ妨げられる。何人かは平然と飲み物を口にしながら少なくとも片耳では聞けているようだ。テクストはおそらく以下のようなものだろう。（グラスがカチャカチャいうような物音）「われわれが現代の残りかすに煩わされなくなれば、究極の言葉がわれわれのものになるはずだ。利潤は、いま確立している試金石が姿を現したときより減っている。平均すると暮らしは上昇傾向だ。（グラスどうしがぶつかる音が前より大きくなる。）以前には不当な要求と受け取られなかったことが、いまでは多くの人に出し抜けで時期尚早と感じられている。われわれはもう救われる見込みがないのなら、より多くの勇気を持つ必要がある。一度も起こらなかった殺人より新たな集団逃走の方が重要だ。健全な厳しさが不当にも忘れられることが多い。われわれは最後のひとりになるまで働き続けたい。たんに傍観しているだけでなく、壁を引き倒すことも必要だ。」（近づいてきて遠ざかってゆく大型トラックの音）「批判ばかりしていたのではどんなに力強く生動し始めようとする進歩だろうとその出鼻をくじくことになる。境界線は家畜の群れに備えなくてはならない。あらゆる出来事が出来するのは無条件に火を放たれるためだ。死者たちが存在しなければ上昇も下降もない。飢えは何の役にも立たず、だれにも良い教訓を与えない。（いつの間にか巨大な電動のこぎりの歯が唸りを上げて空を切りはじめ、その音がどんどん大きくなる。）最近、軽く扱われることが耐えがたいという声が増えている。みんな犠牲になることをいとわないのに、天秤の皿がどんどん終末に向かって傾いでいっている。われわれはネズミの被害に立ち向かいながら双方が満足できる結果にたどり着かなければならない。ショーウインドウの前に立ったのなら、いいかげん耳を澄ませてほしい。どんな要求であってもその概念構成には客観的な検討を加えておく必要がある。だれであれ状況を悪化させることで身を立てることなどできない。絶対に。」（電動のこぎりの歯が唸りながら木材に当たる。だがその音はまもなく水がピチャピチャいう音に変わる。）「表に出てこないものはそのことだけですでに歪曲を被っている。人間性とはどうやら根絶やしにはできないものらしい。われわれは終生、世界の別称である公憤にひたと向けた眼差しを無責任な輩たちに奪われてなるものかという状況下に生きている。あらゆる挑発は消耗しきって辛抱が途切れたときに襲いかかる。親切心からの説得であるならば水準器を棍棒代わりに振りまわすような暴力沙汰で終わる必要はない。だれもが、ものはできるかぎりそれに相応しい名で呼ぶよう要請されている。警察は自らの正当化を図らざるをえないため、つねに困難を抱えこむ。われわれはみな遅い時間になるとあまり無邪気ではいられなくなる。」（わめき声、口笛の音、ドシンドシン踏み歩く音、波音）「市場《しじょう》は懐疑的であるほど危機を脱しやすい。関係を断った方がよいと考えるべき要素もあるのだが、少なくともわれわれは労働者を上級国民扱いした上で彼らから追加払いを求めはしない。厚かましさだけでは勲章は手に入らない。亡命者に救助の手が差し伸べられるのは当然だが、裸足で逃亡することはわれわれからすれば論外だ。われわれはガラスのコップとそれ以外のものの扱い方も心得ている。制服着用者は急に暗くなったときの困難を知っている。裁判官の法服は、審理される事案がみみっちいほど見栄えがする。われわれはみんな大いに真剣に振る舞いたい、というのもそうすることがだいじだとされているからだ。」（サッカーのチャントコールが大きくなるが、突然ほっと一息入れるかのように中断され、つぎにまた高まって、それが一定の間隔で強くなったり弱くなったりするようになる）「身にふさわしい住まいを手に入れるより、不平を並べているだけの方が楽ちんだ。われわれは志を同じくする者たちの頭部と胸に傷を負わせることをためらわない。異邦人が客として保護される権利は時代遅れの観念としてあしらわれてはならないばかりか、脳卒中を通じてその存在を明示されるべきである。気管に刺さったドライバーはつねに他人の義務を果たすことしかしてこなかった人間にふさわしい報酬だ。自分に恃むところのある人間は魚釣りに行くと逆上する。われわれはものごとを土台から変えようとする人間を甘受しようと思う。」（激しく燃えさかる車、同時に消防隊による放水）「社会をどんな形態かは問わず何らかの大衆集会へ編成しなおすことは一時逃れの方策でしかない。机上演習の模擬戦はすでに少なからぬ生ける屍を生んできた。自分が行動する通りの思考をする人は考えを異にする人間の首根っこをひたすら強化する。自分を破壊し尽くす運命の餌食になるために生まれてきた者などいない。人生は、昔はもっと実入りのよいものだったが、いまはそうでなくなった代わりにメラメラ燃え上がってすぐ消えてしまうこともなくなった。（工場のサイレンと霧笛の音が長く鳴り響く）所有者たちについて言われたことは肉にまで達する傷には全然当てはまらない。見境なく人を殺す者はみな少なくともなにかうさんくさいことを口実にしている。小麦の供給について抗議する者は、考えを改めることにも抗議しなければならない。われわれは泳ぐ人たちを追い詰めることより自由な決断力の方を高く評価する。安定した人生観には有益な会話が絶対に断たれないようにする働きがある。いままでは少数者についての言及が少なすぎたため、彼らはもったいをつけるように隅の席にもぐり込んでいる。」（石の床の上で椅子を動かす音）「昔禁じられていたことがいまは堂々とまかり通っている。表向き秩序が保たれていれば穏やかで中庸の取れた意見交換が可能だ。われわれはああでもないこうでもないというのが自由人の証だと考えている。われわれは、死者がやがて草の色を身に帯びたとしても大目にみてやらなければならない。殺人と急降下飛行は必ず同一視できるかというとそうではない。　Ⅲ度の火傷はセルフガソリンスタンドの栓を閉ざす。」(小走りする馬の足音、何脚もの折りたたみ椅子が同時に開かれる音、路上の騒音、ドアが閉められる音、タイプライターの音)「だれも理由なしに解任の用意ありとされた上で殴られることはない。地所に関する権利については詳しい届け出の必要はない。柔軟体操は遠見には股間の棍棒に相当する。昔すべての自殺者は左ぎっちょだったが、いまその規制は画一的になった。戦闘の合間に牛舎の天井で眠っている蝿を数えている余裕はない。教会の塔の頂に立つひとりの単独者は暴動に匹敵する。乱暴者にひとりで立ち向かおうとすると自らも乱暴者になってしまうが、最初から四人あるいは六人で立ち向かうなら、乱暴者は自然におとなしくなるから自分たちもおとなしくしていられる。(物音はすでに前から回転速度が遅すぎるレコードから出る音に似た歪められた楽音に変わっていた。音源には非常に単調で律動的な音楽が用いられる。その間に水道の栓が徐々に全開され、次に水洗タンクの紐が引かれる。そしてそれにたぶん激しい呼吸音、次いで振り下ろされる鞭の音、そして滑稽な話を聞いた後のような突然の笑い声、さらにディナーパーティーの席上でよく聞かれる女性の笑い声が加わる。しかしこの間観客はずっとかなり聞き取りにくくはあるのだが語られるテクストを聞き続けている。その後に短い静寂の間が訪れ、次にまた物音とテクストが続き、さらにその後にかなり長い静寂の間が訪れ、それからたとえば以下のテクストだけが聞こえる)きちんと食事の用意の調った食卓。すべて順調この上なし。おまえは慌てない。おまえは同伴女性がコートを脱ぐ手伝いをする。テーブルに敷かれた彩り鮮やかなクロスは気分を明るくしてくれる。右側にナイフ。左側にナプキンの袋。

真ん中に皿。皿の右奥にカップ。カップの前にナイフ。ナイフにタオルが掛かっている。タオルの上におまえの指。タオルの右側に絆創膏の箱。平皿が左側から渡される。スープが右側から渡される。飲み物が右側から渡される。おまえが自分で注文するものはみんな左側から渡される。一刺しが右側から来る。おまえは真ん中に座っている。塩入れは左側だ。スプーンはナイフの右外だ。スプーンのつぼは上を向いている。喉を絞める手は両側から伸びる。おまえの片手はテーブルに置かれている。ナイフの刃は左を向いている。おまえから見ると正面に座っている者の心臓は右側にある。グラスは皿の右側だ。おまえはちびちび飲む。パンチは下からの方が効く。花束はテーブルの中央だ。フォークは皿の左側だ。おまえは死に臨む者に白い花を贈ってはならない。おまえは基本的に背筋を伸ばして座る。年長者は右側に寝る。花束はおまえの正面に座る者へのおまえの視線を遮らない。ケーキ皿は各座席の真ん中にある。テーブルの下に石炭の山がある。おまえは自分の腕に頭をおかない。おまえはいつも丁寧な口をきく。暗殺の犠牲者は席の真ん中だ。テーブルの中央に燭台がある。シャツにはしょっちゅうシミができる。ナイフが皿の上で滑るのは珍しくない。おまえの隣の人の手がナイフの上に置かれている。おまえは食べ物でむせることはない。おまえは左側の人とも右側の人とも話をする。」

（再びゆっくりすぎる音楽が轟くが、初めのうちはそれが音楽だとはだれにも分からない。いくつもの建物が倒壊し、爆弾が炸裂するが、かなり遠いところだ。語りは物音によって次第に聞き取りにくくされ、最後には完全にかき消される。そうこうするうちに観客は早くもベルの音を聞くのだが、それはテープに録音されたリンリン、ジージー鳴る音でも、ゴングの音や工場のサイレンでも、観客を観客席に呼び戻す実際の劇場のベルの音であってもよい。）

60

観客席の灯りがまた劇場風に消えてゆくに連れて、幕の開いた舞台がほどほどに明るくなる。舞台上のオブジェは観客に、休憩前と同じ秩序を保っているように見えている。タンスのドアは開いたままだ。後方のソファにはもうカスパーがふたりピタッと並んで腰掛けている。ふたりともじっと静かにしている。仮面はいま満足げな表情をしている。しばらく静寂がつづいた後でプロンプターたちが場内に轟く声で朗読を始める。

61

「だれかを殴ったり蹴ったりするときは
絨毯の埃を叩き出すときのように
平静ではいられない。
頭上に
規則的にしたたり落ちる水滴は
秩序の乱れを嘆く

理由にはならない
酢酸を一口飲ませたり
みぞおちに蹴りを入れたり
鼻孔に棒を挿入しさらに
奥まで突っ込んだり
あるいは同様の
もっと尖ったものを
遠慮会釈なく
耳の穴に
差し込んだり
だれかをあらゆる手段を使って
だがなによりも
それらの手段にいっさい拘泥せずに
せき立て
正道に引き戻してやるなら
秩序の乱れについて
言葉を費やす必要はなくなる

というのも
正道に戻す処置を施す者は
よかれ悪しかれほかの誰かを
歌わせることになるが
その後すべてが正道に戻されて
笑うべきはすべて笑われ
すべてが笑い終えられた後では
みずから歌うこともできるし
殴り終え蹴り終えた後で
拳と足にもう何もすることがなくなれば
平静を取り戻すために絨毯を叩くことも
できるからだ。」

包装紙に包まれた小さな包みをもった第三のカスパーが側方から登場し、ソファのほかのふたりの傍らにきちんと座り、包みを膝に載せる。

「正道に戻す仕事にかかっている間は
そう静かにしてもいられず

第四のカスパーが似たような包みをもって登場する。第三のカスパーが自分と他のふたりの間にすき間を作る。第四のカスパーが包みを膝に載せて、そのすき間に座る。四人のカスパー全員がじっと静かにしている。

きちんとしてもいられないのだが
他人に十分にくれてやった
鞭のおかげで
自らを正道に戻した
後では
穏やかな良心を抱いて
正常に戻された世界を
味わいたいと思うしできるのである。」

「殴ったり蹴ったりするとき
先のことは考えないのが
道理だが
殴打の合間の

休止時には
平時のことを
思い出すのがよい
そうすれば
あまりにめちゃな蹴りを入れたところで
再度殴打を始めるとき
その社会的病人の
想念が
後で
社会復帰を果たしたとしても
誤った方向に向かわない
いい塩梅になろうというもの。」

第五のカスパーが同じような、たぶんやや大きめの包みをもって登場する。第三のカスパーが立ち上がる。第五のカスパーが第三のカスパーの座っていた場所に腰を下ろす。第三のカスパーは外側ににじり出て第四のカスパーの隣のまだ空いている場所にむりやり腰を下ろす。第五のカスパーが包みを自分の前の床に置く。五人のカスパー全員がじっと静かにしている。

「だが
殴ったり蹴ったりする者の心臓が
パクパクせず
拳骨で
殴られる者の息が
肺の中から
あたかも（再び例の比喩を
用いるなら）
埃が
絨毯の中から叩き出されるように
叩き出され
そして虐待される者の舌が
あたかも（再び例の比喩を
用いるなら）

絨毯の房のように
真っ直ぐに引っ張られる
まさにそのときに初めて
不正が生じるのだ
なぜなら
殴ったり蹴ったりするときは
絨毯を叩くときのように
冷静にしていてはならず
相手を黙らせるときは
自分も取り乱していなければならないからで
さもないと後から取り乱す羽目になる
殴ったり蹴ったりするとき殴る側の人間に
心臓のパクパクが生じないのは
よいことではない
なぜなら
殴ったり蹴ったりしたときに
手がしかるべく震えた

人間はみな
まだ悪にそまってはおらず
後になって自らを
とがめだてせずにすむ者の
ひとりだからだ
そうならば地を平穏が治めているのである。」

カスパー全員にそっくりのもともとのカスパーがしっかりした身ごなしで、カーテンのすき間を探すこともせずに舞台後方のカーテンを抜けて登場する。彼の仮面も満足の表情を浮かべている。彼はまるでお辞儀をするような姿勢でかつ確かな足取りですべてのオブジェから巧みに身をかわしながら前進して、マイクの前に出る。彼はマイクの前に立つ。六人のカスパー全員がじっと静かにしている。

「自分自身の中へ
回帰することも

社会から逃れる
こともなしに
秩序へと連れ戻された者たちは
いま現実に
強制も殴打もないところで
自分の力をたよりに新しい道を
示すよう努めるべきである
そのために彼らは
万人に有効な言葉を
探し求めるのだ
彼らは選べない
選ばなければならない
そしてほかの者たちに向かって
決まり文句や
空疎な言葉抜きに
自分自身についての
真実を物語らなければならない

ほかの者たちもまた
自分たち自身が
いま欲しなければならないかもしれないことを
ついに欲することができなければならない。」

62

マイクの前のカスパーが話し始める。彼の声はプロンプターの声に似てくる。

「もう長いこと
世間にいるのに
何ひとつ腑に
落ちなかった
ぼくは自明なことを
訝しく思い
すべての限りあるもの
そして限りなきものを
滑稽視してきた

すべてのものがぼくを怯えさせ
世界中がいやでならなかった
ぼくはぼく自身でも
他のだれでもありたくなかった
自分の手が
ぼくの見知らぬものだった
自分の足が
ひとり勝手に歩いた
ぼくは目を
見開いたまま
ぐっすり
眠った
ぼくは酩酊者のごとく
意識を失っていて
本来そうあるべきなのに
ものの役に立とうという気がおきなかった
何を見ても

やる気がせず
どの物音も
ぼくには
ほかの音に
聞こえた
新しい足音を聞くと
ぼくは吐き気を催し
胸の中で何かがすすられる音がした
ぼくは同行しなかった
ぼくは自らの
視界を遮ったから
皆目見当が
つかなかった
乱雑な文の山に囲まれて
ぼくはそれらが
自分に関係しているとは夢にも思わなかった
ぼくは世間に

登場し始めるまで
何がぼくの周りで起ころうと
それには
全然気付かなかった」
彼はしばらく沈黙する。後方のソファに座るカスパーたちもとても静かだ。
「外の
騒音や
叫び声が
ぼくには腸の中で
ぐるぐるきゅるきゅるいう音に聞こえた
ぼくは区別ができないのが
苦しかった
三は二よりも
多くなかった
ぼくが日向ぼっこをすると
雨が降った

ぼくは日にあたって汗をかくか
走って身体が火照ると
雨傘で汗を防いだ
ぼくは
暑さと寒さ
白と黒
昨日と今日
新と旧
人ともの
祈りと冒瀆
愛撫と足蹴の区別が付かなかった
どの空間も
ぼくには
扁平に見えた
ぼくが目ざめるとすぐ
扁平な物体ばかりが幻となって
襲いかかってきた

それらはみなぼくに抵抗した
見知らぬものがたばになって
あたかもぼくを尋問するかのように振る舞い
そして見分けのつかないものがぼくの
両手をもつれさせ
ぼくを怒り狂わせたので
ぼくはものたちの中で迷い
道を失い
そして
そこから逃れ出ようとして
ものたちを破壊した。」

「ぼくは時を見計らって
この世に生まれて来たんじゃない
そうじゃなく
転んだときの痛みが

彼はしばらく沈黙する。後方のソファに座るカスパーたちもまだ静かにしている。

ぼくとものたちの間に
くさびを
打ち込んでくれたおかげで
ろれつの回らない話し方に
おさらばできたのだ
そういうわけで
ぼくの思い違いに
最終的にけりをつけたのは痛みだった。

ぼくは空虚だったものすべてを
単語で埋めることを学び
だれがだれかを学び
そして叫ぶものすべてを
文で黙らせることを学んだ
空っぽの鍋が
ぼくの頭を混乱させることはない
すべてがぼくに好意的だ

ぼくは
もう二度と
ふたたび
空っぽのタンスや
空っぽのトランクや
空っぽの部屋に怖じ気づかない
ぼくは廊下に入っていったり
戸外に出たりするのを躊躇わない
壁の裂け目の
ひとつひとつに
ぼくは文を用意していて
その一覧
表が
事態の悪化防止に
役立ってくれている」

彼はいま声を強める。照明が明るさを増す。ほかのカスパーたちはまだ静かにしている。

「みんな自由でなければならない
みんな出席していなければならない
みんな自分のしたいことを知っていなければならない
怠っては
だれも厳しい訓練を
ならない
だれも朝から自分を憎んではならない
みんな自分の人生を生きなければならない
みんな自分のベストを尽くさなければならない
みんな自分の目的を達成しなければならない
だれも死体を踏み越えて
行ってはならない
だれも隅っこに立っていてはならない
みんな相手の
目の中を覗き込むことができなければ
ならない

みんな相手に自分の持ち分を惜しみなく与えなければならない」

「みんな人を頼らずに頑張り抜かなければならない
みんなものごとの真相を
究明しなければならない
みんな相手が分かるような
話し方をしなければならない
だれも相手を頭から
信用してかかってはならない
みんな相手のいい面も
見るようにしなければならない
だれもむやみに無駄なことに

ソファに座るほかのカスパーたちが奇妙な音を立て始めるが、その意味は明かでない。観客は、様式化されたむせび泣きのような音や模造された風の音やクスクス笑う声を聞く。

手を出してはならない
みんな人任せの一面も
持ちあわせなければならない
だれも相手についての
デマを拡散させては
ならない」

「みんな自分で事態を切り開かなければならない
だれも他のだれかと争ってはならない
みんな他のみんなのことを
気遣わなければならない
みんなよくよく明日のことを
考えなければならない
みんな自分の身は安全だと思えるようにならなけ

観客は、一部はすでにカスパーの語りと同時に始まっている、舞台後方から聞こえるひそひそ声やしわがれ声やフクロウの鳴き声の模倣音や不平をこぼす声や裏声で歌われる歌を聞く。

ればならない」

「みんな食事の前に
手を洗わなければならない
みんな監獄の中では
ポケットの中身を空にしなければならない
みんな自分の門前を
きれいに掃かなければならない
だれも相手の手からむさぼり喰らうほど
卑屈であってはならない
みんな相手の身を
慮らなければならない
みんな髪に櫛を通してから
食卓に着かなければならない

観客は、舞台後方から聞こえる風がざわざわ言う音や葦がこすれ合う音やけたたましい笑い声やハミングする声や蚊が飛ぶような音や蜂がとぶような音や一回限りの甲高い叫びを聞く。

だれも相手をめそめそ
しくしく泣かせては
ならない
みんな手を出して手伝わなければならない
だれも受け皿からコーヒーを
飲んではならない
みんな相手に手を振らなければならない
みんな自分の爪を切らなければいけない
だれも相手の人生を
台無しにしてはならない
だれも綺麗なテーブルクロスを
汚してはならない
みんな自分で鼻をかまなければならない
だれもジョークで
相手の体面を汚したり
物笑いの種にしたりしてはならない
だれも相手を笑いとばしてはならない

だれも葬式で
だれかをくすぐってはならない
だれもトイレの壁に
落書きをしてはならない
だれも法令集を
切り刻んではならない
みんな相手の言い分に耳を貸さなければならない
みんな相手の身を
思いやることができなければならない
みんな相手の名前を言えなければならない」

舞台後方からの音や声がだんだん大きくなってくるので、前方にいるカスパーも自分の声をどんどん大きくしてゆかなければならなかった。彼の語りの最後では、ほかのカスパーたちがまだ静かに座って、さえずったり、せきばらいしたり、ぜいぜいしたり、ピーチク鳴いたり、うなったり、あえいだりするばかりなのに、それらの音は前方のカスパーが語る声をものすごく大きくさせたから、彼の語りの最後はまるで轟きわたる雷鳴のようだった。

63

後方のカスパーたちはさしあたり沈黙している。前方のカスパーは、たぶん裏声で、歌い始める。プロンプターたちが徐々に、カノン形式で、声を上げるのだが歌声は溶け合わない。彼らは小さなかぼそい声で歌うので、カスパーの歌声は終始聞き取ることができる。カスパーは信仰告白者のように歌う。

「だれもフォークに
嚙みついてはならない
だれも食卓では
殺人者たちの名を口にしてはならない
だれも公用車に私人を

乗せてはならない
みんな自分を万人のために役立つ人間にしなければならない
だれも相手を他のだれかの名で
呼んではならない
だれも居住地を届け出ずに
住んではならない
みんな重いものは
帰り道に買わなければならない
だれもだれかのことを
唇が厚いといって笑いものにしてはならない
だれもだれかの肩を
トントン叩いてはならない
だれもだれかのあばら骨の間に
ナイフを突き刺してはならない
みんな公道上では
警官におまわりさんと

呼びかけなければならない」

「家具に埃を
積もらせてはならない
飢えている人間を
行列に並ばせてはならない
青少年をのらくらさせてはならない
豆の木の支柱を

後方のカスパーたちも歌に合わせるが、歌詞はなくハミングするだけだ。彼らのは歌というにはあたらず、甲高く叫んだり、息を思い切り吐いたり、ヨーデル風の喉を聞かせたり、うなり声を出したり、鼻水をすすったり、口の中の唾で大きな音を立てて遊んだり、吠えたり、罵ったり、大きな音のゲップをしたり、思い切り息を吸いこんだり、クンクン鳴いたりしているだけだが、それがみな歌のリズムに合っている。彼らもいまだんだん大きな音を立てるようになる。

高圧線の高さに
届かせてはならない
旗を間違った方向に
靡かせてはならない
すべての良風美俗はとりわけ
労働を介して生まれるのでなければならない
すべての姿を変えない動物は
すべての脱皮する動物に
屈しなければならない
よいことを意味しない
言葉はすべて
抹消しなければならない」

後方のカスパーたちがもっとうるさくなる。ひとりがガサガサと大きな音を立てながら包装紙を開いてヤスリを取りだすと、自分の爪にヤスリをかけ始める。もうひとりは自分の包みで同じことを、ただしもっと大きな音を立てながら繰り返した後で、もっと大きなヤスリを取り出し、それでやはり爪を削り始める。その音がすでに聞こえている。

「テーブルに臂をつくな
魚を
包丁でさばくな
にきびを
指で潰すな
スプーンの横側に
口を付けるな
疲れた目に
絆創膏を貼るな
トリュフを生で
食べるな
がさつな若造は
監獄に抛りこめ
反論を阻止しろ」

前方のカスパーが再び口を開く

「すねに疵のない
まともな人
嘗めたくなる
まっとうな指
ダイヤ通りに
発車する列車
すべてをわきまえた
本物の人
瓶詰めにふさわしい
真に健康な果物
本質的でないものはすべて
くたばるがいい」

カスパーがしゃべり他のカスパーたちがキイキイ鳴き吠えたことを、プロンプターが歌にしてうたう。彼らは雨と嵐のもの真似をし、ぐちゃぐちゃに噛んだチューインガムをはじけるまで膨らますといったことをいつまでもやりつづける。

64

彼は話すことをやめる。静寂が生じる。やがてカスパーが言う。

「ぼくは
たったいま
何を
言ったのか。
ぼくが、自分が
いま言ったことが
何だか分かれば
いいんだが。
ぼくが、自分が
いま何を言ったか
分かればいいんだが。
ぼくが
いったい

いま
何を
言ったのか、
何について
いったい
いま
話題に
なっているのか、
いましがた
ぼくが
何を語ったのか
分かるといいんだが。
ぼくが
いまさっき
まさに
口にしていたのは
いったい

何に
ついてだったのか。」

彼は、まだそう自問している最中に、他のカスパーたちも同様なのだが、クスクス笑いやそれに類したことをしはじめる。それと同時にプロンプターたちもカスパーの先行する詩句を歌い終わる。カスパーは例えばマイクを爪の先で弾く。高いサイレンのような音がするかもしれない。プロンプターたちが歌い終えている間に、カスパーたちは全員が実際にまわりに感染する笑いを発する。しまいには溜息をついたり忍び笑いをしながら語り役のカスパーとほかのカスパーがだんだん静かになってゆく。観客はふたりか三人がこするヤスリの音を聞く。

前方のカスパーが語る。

「どの文も
ナンセンス
どの文も
ナンセンス
どの文もナンセンス」

沈黙が続く。

彼は韻を踏まずにしゃべり始める。

一台のスポットが彼を照らす。

「ぼくは最初の一歩を踏み出したときは誇らしかったが、次の一歩は恥ずかしかった。同じく最初に自分に手があるのを見つけたときは誇らしかったが、二つ目の手は恥ずかしかった。ぼくは繰り返されるすべてのものが恥ずかしかった。でもぼくは自分が最初にしゃべった文が恥ずかしかったのに、二番目の文はもう恥ずかしくなくなり、その次からの文にはすぐに慣れた。

ぼくは二番目の文が誇らしかった。

ぼくはぼくの物語の初めの文では騒音を立てることだけを狙っていたのに、次の文ではもう周りの注意を惹きたいと思い、その次の文ではもう話したいと思い、その次の文では自分の話すのを聞きたいと思い、さらにその次の文ではぼくが話すのを他の人に聞いてもらいたいと思い、さらにその次の文ではもう、ぼくが話す内容を他の人に聞いてもらいたいと思い、さらにその次の文では、ぼく同様ひとつの文を口にした他の人の話は聞きとばした方がいいと思い、物語の最後から二番目の文を、問いを発するために必要としたぼくは、物語の最後の文でもって初めてぼくが話していた間に聞きとばした他の人の話の内容を問いはじめたのだった。

ぼくは雪を見て、雪を握りしめた。それからぼくは、ぼくはそういう、前に他のだれかだったことがあるような人になりたい、という文を口にしたが、ぼくがそれで言いたかったのは、なぜぼくの手は雪でじんじん痛むのかということだった。いちどぼくは真っ暗闇の中で目を醒まし、何にも見えないことがあった。それからぼくは、ぼくはそういう、前に他のだれかだったことがあるような人になりたい、と言ったが、それでもってぼくが言いたかったのは、ひとつにはいったいなぜ部屋がすっかり取り片付けられてしまったのかということ、次にはぼく自身分からなかったからだけれど、なぜぼくはぼくのものだったすべてから切り離されてしまったのかということだった。その後でぼくは、だれかが、とはつまりぼくがなのだけれど、しゃべるのを聞いたので、もう一度、ぼくはそういう、前に他のだれかだったことがあるような人になりたい、と言ったが、それでもってぼくが言いたかったのは、できればぼくのことを虚仮にする話しをしていたのがだれかを知りたいということだった。それからぼくは一度、明るい緑色にかがやく表を見、そこへ向けて、ぼくはそういう、前に他のだれかだったことがあるような人になりたい、と言ったが、その文でもってぼくは、なぜぼくの足はこんなに痛いのかと、表の世界に問いたかったのだ。ぼくは動いているカーテンにも気づいた。それからぼくは、ぼくはそういう、前に他のだれかだったことがあるような人になりたい、とカーテンに向けてではなく言ったのだが、それでもって、ぼくがカーテンに向けてではなく、かといってだれに向けてかは定かでなかったが、言いたかったのは、なぜテーブルの引き出しが開けっぱなしになっているのか、なぜぼくのコートはいつもドアに挿まれてしまうのかということだった。ぼくにはだれかが階段を上ってくる音も聞こえ、階段がギイギイ軋る音がしたので、ぼくはその軋り音に向けて、ぼくはそういう、前に他のだれかだったことがあるような人になりたい、と言ったのだが、それでもってぼくが言いたかったのは、ぼくの頭はいつこの重さから解放されるかということだった。いちどぼくは皿を落としたことがあり、皿は壊れなかった。そのときぼくは大声で、ぼくはそういう、前に他のだれかだったことがあるような人になりたい、と叫んだのだが、それでもってぼくが言いたかったのは、ぼくにはこの世に恐れるものはない、ということだった。その後でぼくはまた、ぼくはそういう、前に他のだれかだったことがあるような人になりたい、と言った。その言葉でもってぼくは、罅のはいった氷柱《つらら》のようにぼくを恐れさせるものはやはり存在するということを分かってもらおうとしたのだ。それからぼくは痛みを少しも感じなくなって、大きな声で、ぼくはそういう、前に他のだれかだったことがあるような人になりたい、と言った。それでもってぼくはみんなに、ぼくはもう少しも痛みを感じていない、と伝えたかったのだが、でもその後でぼくはまた痛みを感じたので、みんなの耳に、ぼくはそういう、前に他のだれかだったことがあるような人になりたい、と囁いたのだが、それでもってぼくはみんなに、ようやく痛みを感じずにすむようになった、と伝えたかった。でもその後すぐに痛みが戻ってきたので、ぼくはみんなの耳に、ぼくはそういう、前に他のだれかだったことがあるような人になりたい、と囁いたが、ぼくがそれでもってみんなに告げたたかったのは、ぼくは事実とは裏腹にもう痛みは感じていないし、ぼくはとても調子がいいということだった。その文によってぼくは嘘をつきはじめたのだ。そしてぼくはついにぼく自身に向けて、ぼくはそういう、前に他のだれかだったことがあるような人になりたい、と言ったのだが、それでもってぼくが言いたかったのは、ぼくがぼくに向けて言ったその文が本当は何を意味しているのか知りたいということだった。

雪は白く、雪はぼくが目にした最初の白いものだったので、ぼくは白いものをすべて雪と呼んだ。ぼくはハンカチをもらったこともあるのだけれど、それは白いハンカチだった。ぼくはそれに噛みつかれると思いこんだ、というのも初めて握った白い雪がぼくの手を噛んだからだ、だからぼくはハンカチを摑まなかったし、雪という語を知ったときに、その白いハンカチを雪と呼んだのだ。でもぼくは後にハンカチという語を知ってからも、白いハンカチを見るたびに、ハンカチという語をしゃべれるようになっていたのに、相変わらず雪という語を思い浮かべていたが、それはぼくが何かを思い出すそもそもの初めなのだった。でもブラウンやグレーのハンカチは雪ではなかった。同様にブラウンやグレーの雪も雪ではなくて、フンの固まりとかセーターのようなぼくが初めて目にしたブラウンやグレーなのだった。でも白い壁は雪だったし、長いこと太陽をみつめた後では、真っ白な世界しか見えなかったから、何もかもが雪なのだった。しまいにぼくは雪という語を白くないものにも使ってみたが、それはぼくが雪という語を使ったことによって、それが雪になるかどうかを見届けたいという好奇心からだった。ぼくは雪という語を口にしなかったときも、雪という語を思い浮かべていたし、そうでなくともどんなものを見ても、雪ではないが、雪という語を思い出していた。ぼくは眠りに就くときも切り通しの中を歩くときも闇の中を駆け抜けるときも絶えず雪という語を口にしていた。しかし事態はついに、ぼくが雪にまつわる語や文ばかりか、降ったり積もったりした雪自体を、さらには雪の実在と実在可能性までをもはや信用しなくなるところまで進行したが、それはぼくが雪という語をもはや信じなくなったからだった。」

「ぼくにはあの頃景色とは多色の絵が描かれたよろい窓だった。一度床に落ちた椅子の影を見たぼくは、それ以来ずっと床にひっくり返った椅子を椅子の影と呼び続けた。あらゆる身体の動きは走ることだった。というのもあの頃ぼくが願っていたのは走ることと走り去ることだったからだ。だから水の中で泳ぐのも走ることだった。跳ぶことも間違った方向へ走ることだった。転ぶことも走ることだった。あらゆる液体は、静止しているときでも、いつ走りだすか分からないものだった。ぼくが不安を感じたとき、すべてのものがとても速く走った。でもあの頃夜になるということは気を失うことだった。

ぼくがどっちへ行ったらいいか分からなくなると、おまえはどっちへ行ったらいいか分からなくなるとき不安を抱えているのだと教えられたが、そのときぼくは恐れることを学んだのだった。そしてぼくが色をなすと、おまえは腹を立てているのだと教えられた。でもぼくは物陰に身を隠したくなると、恥ずかしくなった。そして宙に跳び上がると、嬉しくなった。でもぼくが爆発寸前になるのは、いつも秘密を抱えているか何かを鼻にかけているときだった。そしてぼくが消え入りそうになるときは、だれかに同情しているときだった。でもぼくはにっちもさっちもいかなくなると、破れかぶれになった。そしてぼくは頭が混乱すると、取り乱した。でもぼくは息が詰まると、ぞっとした。そしてぼくの顔が土気色になると、死の恐怖に襲われた。でも両手を擦り合わせると、ぼくは満足できた。そしてぼくがどもると、ぼくはおまえがどもるのはおまえが幸せだからだと教えられた。ぼくはどもったとき、幸せだった。」

「ぼくがぼくという語を口にすることを学んでからしばらくの間、みなはぼくにぼくという語で呼びかけなければならなかった。なぜならぼくはぼくなのだから、おまえという語がぼくのことを指しているとは思えなかったのだ。そしてぼくがおまえという語をすでに理解した後でも、ぼくはしばらくの間それがだれを指すのか分からない振りをした。なぜなら何も分からないということが楽しかったからだ。その後では、おまえという語が発せられるたびに、ハイと名乗り出るのが楽しくなった。」

「ぼくはある単語の意味が分からないときは、その単語を繰り返して言ってみた、そしてさらにもう一度繰り返した。するとその単語は厄介なものでなくなった。ぼくは言った、戦争、戦争、ぼろきれ、ぼろきれ。ぼくは言った、戦争、戦争、戦争、戦争、ぼろきれ、ぼろきれ、ぼろきれ、ぼろきれ。そうやってぼくは単語に慣れていった。」

「ぼくは最初ひとりの人を見た。ぼくがそのひとりの人を見てからしばらくして、ぼくはさらに何人かの人を見た。そのことにぼくは少なからずびっくりした。」

「ぼくは何かがキラキラ光るのを見た。それがとてもキラキラ光るので、それが欲しくなった。ぼくはキラキラ光るものなら何でも欲しくなるのだった。しばらくしてからはキラキラ光らないもの

後方のカスパーたちのひとりがこの間に、自分の段ボール箱から大きなヤスリを取り出し、その段ボール箱にヤスリをかけた。彼はその後ですぐ隣のカスパーにもヤスリをかけ始める。そのヤスリが立てる音は、身を切りさいなまずにおかない。カスパーたちはみなしかるべき個所に、ヤスリや包丁や釘の類いの道具を用いておよそ考えられるかぎりのやり方で身を切りさいなむ騒音を生み出せる素材を身に帯びている。いまの時点までにはこれらの騒音のうちのひとつがごく短時間聞こえただけである。カスパーたちに適した素材とは例えば発泡ゴムや段ボールやブリキや石やスレート等である。包装紙をぐちゃぐちゃに丸めるときに生じる音を効果音に使ってもよい。これ以後こうした物音の頻度と強度は増すばかりだが、舞台後方のカスパーたち全員がだんだんヤスリや包丁や鉄筆や鉄釘や指の爪で段ボールをそして互いが身

も欲しいと思うようになった。」

「ぼくはだれかが何かを持っているのを見た。ぼくもそういうものが欲しかった。しばらくしてからはぼくも何かを持っていたいと思うようになった。」

「ぼくは目を醒ますと、食事をした。その後でぼくは遊んで、話しもしたが、それからまた眠り、そしてまた目を醒ました。」

「いちどぼくは両手をポケットに突っ込んだのだが、するともうそこから引き抜くことができなくなった。」


につけた素材を削ったり擦ったり叩いたりしはじめ、そうしながらゆっくり立ち上がって身を寄せ合いひとかたまりになる。しかしすべての物音ははっきり識別できなければならず、どれひとつやみくもに生み出されてはならない。それだけでなく彼らは前方のカスパーの科白を聞き取りにくくするどころか、よりはっきり聞き取れるようにするのである。

物音はますます細部まで詳細に聞き分けられるようになる。それは例えば開きの悪くなったドアが石の床をごろごろと擦るときに発生するような音である。サーカスの白熊がかぎ爪を開いたまま金

「いちどぼくにはすべてのものが何かの証拠であるように思えたが、何の証拠だったか。」

「いちどぼくは（彼は何かを呑み込もうと努力する）ものが呑み込めなくなってしまった。」

「いちどぼくは（彼はくしゃみをしようと努力する）くしゃみができなくなってしまった。」

「いちどぼくは（彼はあくびをしようと努力する）あくびができなくなってしまった。」

「いちどぼくは（彼は以下の文を最後までしゃべろうと精一杯の努力をする）――他の者たちが追いかけて……ぼくは追いつき……だれも勝利は……すべてのものがそうでは……ぼくは追い立て……だれも撫でては……他の者たちは突進し……すべ

属製のレールの上をずるずると下ってゆく。滑り木のついた雪ぞりが砂利かコンクリートの上を走る。チョークか手の爪が黒板の盤面を擦る。ナイフが皿の上できしる。みなは金属製のかかとが付いた靴で大理石の床の上を歩く。のこぎりが湿った生木を切る。指の爪が窓ガラスを引っ掻き、布が引き裂かれる等々。（想像力に委ねればいいのだが、あまりゆきすぎてもいけない。）カスパーたちは互いを利用してこうした物音を生み出すのだが、段ボールそのものや段ボールの中に入ったその目的に打ってつけのさまざまな品（発泡ゴム等々）をヤスリや刃物でボロボロにしたり切り刻んだりしながら、しだいに舞台の後方から前方へ出てくる。

てのものはそうは……だれも散り散りには……ぼくは突き飛ばし……他の者たちは見せ……すべてのものはやがて……ぼくは身動きして……他の者たちは引き裂き……だれも下ろしは……すべてのものはいま……すべてのものはあるとき……他の者たちはさすり……だれも殴りは……ぼくは研ぎ……すべてのものはやがて……だれも首を締めは……他の者たちは手に入れ……──ぼくはひとつの文を終わりまでしゃべることができなかった。」

「いちどぼくをぼくを……いちどぼけぼくをぼくを……いちどぼけぼくをぼく……いちどぼけぼくぼく……ちどぼけぼぼ──いちどぼくが言い間違いをすると、みんなはいっせいにぼくの方を振り向いた。」

「いちどぼくひとりだけが笑った。」

「いちどぼくは一匹の蠅の上に座った。」

「いちどぼくはあちこちで人殺しと叫ぶ声を聞いたのだが、振り向くとゴミバケツの中の皮を剝かれたトマトしか目に入らなかった。」

「ぼくはあるとき突然自分が家具や調度とは違う存在だと気づいた。」

「ぼくはぼくの最初の文を口にしたとたんに罠にはまった。」

「ぼくは分かりやすく話すことができる。ぼくは、自分はいま起きているんだから、きっと長いこと眠っていたんだと思う。ぼくはテーブルの所へ行ってテーブルを使うが、なんとまあ――テーブルは使った後もそこにあり続ける。ぼくは、自分の居場所をわきまえているから、人前に出てもかまわない。ぼくは手がかわいていると眠れないのだが、手は唾をかけるともっとかわいてしまう。ぼくがテーブルには悪気はないと口に出すと、そのとたんにテーブルの悪気のなさは終わってしまう。ぼくは長いこと開けっぱなされていたドアがついに閉められると、気分がいい。ぼくはすべてのもののあるべき場所を知っている。ぼくにはものごとのけじめが見えている。ぼくは何も口に出さない。ぼくは三まで笑っていられる。ぼくは役に立つ。ぼくにはすごく遠いところで木が腐る音が聞こえる。ぼくはもうなにも文字通りには取らない。ぼくはそれが目ざめると期待できないが、前はそれが眠ると期待することもできなかった。ぼくはしゃべるように促された。ぼくは現実の中へ連れ込まれたのだ。——おまえたちには聞こえているか。」沈黙。「聞こえているか。」沈黙。「しー。」沈黙。

舞台は暗転する。

沈黙。

65

舞台がまた明るくなるとふたたび進行の三分割が始まる。すなわちカスパーの以下の語りと同時に、スピーカーを通して小さな声だがもう一度プロンプターたちが語り始める。彼らは囁き声でおよそ以下のようなテクストを何度も反復する。「なるがいい。固有の未来。昔は四人にひとりだったがいまはふたりにひとりだ。可能性の事柄。なるがいい。生きることを容易にする。なるがいい。展開。現実の中に。なるがいい。絶えず増加する数。なるがいい。あれは兵士になる。なるがいい。危険を秘めている。なるがいい。それには必須だ。なるがいい。」ついに彼らは最後まで小声で「なるがいい。なるがいい。なるがいい」を繰り返すだけになる。そうするうちにカスパーたちが足を引きずる等々のやり方で前方の語り役のカスパーがいるところへ出てきて彼にちょっかいを出す。彼らはたとえば一個の椅子のような物体をことさら嘲りの対象にし、それを笑い飛ばしたり、そのものまねをしたり、それに服を着せたり、引きずったり、引きずったときの騒音の真似をしたり、そしてしまいにはその椅子を滑稽さの生け贄にして、椅子その他のものをありえないものに変えてしまう。前方のカスパーはその間も話し続けていた。

「ぼくは薪が火の中で気持ちよい音でぱちぱちはぜるのを聞いているが、ぼくがそれでもって言いたいのは、ぼくは骨が気持ち悪くポキポキ言う音をきいているということだ。椅子はここに置かれていて、テーブルはあそこに置いてあるが、ぼくがそれでもって言いたいのは、ぼくがひとつの物語を語っているということだ。ぼくは年は取りたくないけれど、ここへ来てからずいぶん長い時間がたっているほうがいいが、ぼくがそれでもって言いたいのは、ひとつの文は怪物だということだが、ぼくがそれでもって言いたいのは、語ることはいっときは役に立つことがありうるということだが、ぼくがそれでもって言いたいのは、どんなものもぼくが驚くと、くすぐったいものになるということだ。ぼくは、ぼくはいま至るところにいる自分を想像できるが、ほんとうにあそこにいる自分だけは想像できないと言うが、ぼくがそれでもって言いたいのは、ドアの取っ手はみな空っぽだということだ。ぼくは、空気が嚙みつく、あるいは部屋がぎいぎいいう、あるいはカーテンがガチャガチャいうと言うことができるが、ぼくがそれでもって言いたいのは、ぼくにはどこに手を伸ばせばいいのかどこに手を置いておけばいいのか分からないということだ、一方でぼくが、ぼくにはどこに手を置いておけばいいのか分からないと言うとき、ぼくがそれでもって言いたいのは、すべてのドアは、どの文が、ぼくの髪の毛はまるで機械に巻き込まれるようにテーブルの引き出しに挟まれ、そしてぼくは頭の皮を剝がれたという意味で使われようと、ドアはひとりでに開くものだという口実の元にのみぼくを誘い寄せる、ということだ。文字通りには、文が更新されるごとにぼくは胸が悪くなる。比喩的には、ぼくは混乱してる。ぼくの扱いは好き放題だ。ぼくは反対側を見る。血の気の失せた沈黙が支配してる。ぼくは自分に付きまとわれてる。ぼくは帽子を枝肉用のフックに投げる。どの腰掛けも死ぬときの役に立つ。調度品は水を通さない。家具は非の打ち所がない。何ひとつ開いてない。痛みは進行予測可能だ。時間は終わるべきだ。思想はずいぶん矮小化する。ぼくはなんとか自分自身を実感できた。ぼくは自分に会ったことがない。ぼくはまともに抵抗したことがない。靴は足にぴったり合ってる。ぼくは恐怖から逃れられなかった。皮膚が剝がれ落ちる。足が痺れ死ぬ。蠟燭と文蛭《ひる》。寒と蚊。馬と膿。霜とネズミ。ウナギと揚げパン。ヤギと猿。ヤギと猿。ヤギと猿。ヤギと猿。」

この間もほかのカスパーたちは持参したオブジェや語り役カスパーの身体に押し当てた道具を叩いたり擦ったりして耐えがたい騒音を立てていた。そうしながら彼らはキャッキャッと笑ったり、通常の芝居でバックに登場するキャラクターの身振りを真似たり、語り役カスパーの語りのリズムを茶化したり等々を続ける。話者カスパーもヤスリを取り出すとマイクの頭をヤスリでごしごし削って自分の語る文の伴奏にし、同じように騒音を立てていた。しかしいま、突然、ほぼ完全な静寂が支配している。カスパーたちはかろうじて両手を少しばかり宙に振り上げ、ぐるぐる振りまわす。彼らはもう少しの間手足をバタバタさせる。彼らはクンクン嗅ぎ回る。

それからカスパーが言う。

「ヤギと猿。」

このセリフが発せられると同時にカーテンがけたたましい音とともに、突然少し、カスパーたちがジタバタしている舞台中央へ向けて閉まる。

「ヤギと猿。」

けたたましい音とともに、突然カーテンがまた少

「ヤギと猿。」

「ヤギと猿。」

「ヤギと猿。」

し中央へ向けて閉まる。

さらにけたたましい音とともに、突然カーテンがもう少し中央へ向けて閉まる。

前よりさらにけたたましい音とともに、突然カーテンがもう少し中央へ向けて閉まる。

語り役カスパーがこの最後のセリフを発するやいなや、カーテンがありうるかぎりもっともけたたましい音を立てながら最後に突発的に動き、まだわずかに手足をばたつかせているカスパーたちにぶつかる。語り役カスパーが全員を投げ倒す。彼らは倒れるが、倒れる先はいま完全に閉じられたカーテンの中だ。同時に静寂が訪れ、芝居が撥ねる。

カスパーの一六段階

第一段階　カスパーは、手持ちのひとつの文を拠り所に何かを始められるのか。

第二段階　カスパーは、その自分の文を拠り所にほかの文に対抗する何かを企てられるか。

第三段階　カスパーは、その自分の文を拠り所に少なくともほかの文から自分の身を守れるか。

第四段階　カスパーは、ほかの文に対抗できるか、そしてそれらの文から話すよう促されても沈黙を守れるか。

第五段階　カスパーは、しゃべれるようになってはじめて自分がしゃべる内容を理解できるようになったのか。

第六段階　いくつかの文を獲得したカスパーは、それらの文を拠り所にほかの文に対抗する何か、そしてほかの文の対象に対抗する何かを企てられるか。

第七段階　カスパーは、秩序に関するいくつかの文、というよりいくつかの整序された文を拠り所に、自分自身に秩序をもたらすことができるか。

第八段階　カスパーは、ひとつの文の秩序から、ひとつの包括的な秩序を表現する一連の文を生み出せるか。

第九段階　カスパーは、秩序に関する無数の文を思いのままに生み出せるモデルがどういうものか学習できるか。

第一〇段階　カスパーは、習得したモデル文を用いて対象を自分のほうにたぐり寄せることができるか、というより自分を対象に近づけることができるか。

第一一段階　カスパーは、いくつかの文を拠り所に文の大いなる共同体への貢献ができるか。

第一二段階　カスパーは、いくつかの整合する文を拠り所にそれらの文の対象を整然と理解できるようになるか。

第一三段階　カスパーは、自分に向けて問いを発することができるか。

第一四段階　カスパーは、とらわれのない文を自分のかつてのこだわりだらけの文に適用することによって、その逆しまの文の世界を倒立させられるか。

第一五段階　カスパーは、少なくとも文の逆しまの世界を拠り所に世界についての逆しまの文から身を守れるか、というより逆しまの文を倒立させることにより少なくとも正当性をよそおうまやかしから身をかわせるか。

第一六段階　カスパーはいまだれなのか。カスパーよ、いまカスパーはだれなのだ。いま何なのか、カスパーは。何なのだ、カスパーはいま、カスパーよ。

訳者あとがき

カスパー――ハントケの出発

ハントケは戯曲『カスパー』の冒頭に先輩詩人エルンスト・ヤーンドル(一九二五―二〇〇〇年)のウイーン訛りの詩「一六歳」を掲げた。そこには、いまは姿を消したかつて隣り合わせだったハンガリー方面行きの列車が発着した東駅とハントケの生まれ故郷ケルンテン州や彼が大学に通ったグラーツ方面へ向かう列車が発着した南駅のふたつを合わせた俗称である「ウイーン南東駅」にたむろする、おそらくはみなポマードで髪をテカテカに塗り固めたティーンズたちのなかでもひときわやることが「きめきめの」一六歳男子が呼び出される。

ハントケは、この少年にだれのイメージを重ねているのだろうか。一八二八年ナポレオン戦争後の政治的空白期のドイツ、ニュルンベルク市のとある広場に忽然と姿を現した一六歳のカスパー・ハウザーをか。それともケルンテンの田舎からウイーンに上京してきた一六歳の高校生だった自分をか。冒頭のト書きには、この戯曲が描くのは歴史上のカスパー・ハウザーの身に起こることないし起こったことではなく、いまを生きる私たち、とはすなわち「だれかが話すことを通じて話すことを強要される次第なのだ」とある。

ハントケは、この戯曲をカスパー・ハウザーに結びつけることを否定しておきながら、かえって両者を巧妙に結びつけたとも言える。というのもカスパー・ハウザーの参考文献を見ると、いまでは必ずハントケのこの戯曲がヴェルナー・ヘルツォークの映画と並んで関連する現代の重要作品として挙げてあるからである。

「ぼくはそういう前に他のだれかだったことがあるような人になりたい」というどこかで覚え込まされたアイデンティティー否定の言葉を執拗に繰り返しながら登場する主人公に、初演に立ち会った若い観客は自分たちの鏡像を見たような衝撃と同時に大きな共感を覚えたのではなかったか。

ドイツとオーストリアの六八年世代の多くは、ナチスの側に立って戦争に加担した体験について頑なに口をつぐむ親たちへの反抗から反体制運動に加わった経緯がある。私は私だと幸福な自己肯定ができずにいまの両親の子供であるよりは捨て子か私生子であった方がましだという意識を抱いて青年期を迎えた若者が少なからずいたということだ。

しかし『カスパー』が実験演劇の域を脱して現代の古典としての不動の地位を占めるのは、若いハントケが、人間の社会化という普遍的テーマを言語学の世紀である二〇世紀に相応しい仕方で取り上げ、個人の言語習得の過程に社会が暴力的に介入する様子を、精緻にドラマ化することに成功したからにほかならない。

カスパーの科白と介入者であるプロンプターの科白とそしてその両者に的確な指示を出し観客にも目配りを怠らないト書きが、三つ巴になって進行していく戯曲のみごとな構成をこの訳書から読み取っていただきたい。

なお『カスパー』本編とこの後書きの間に挿入されている「カスパーの一六段階」というテクストについて触れておくと、これはズーアカンプ出版社から一九六八年に出版された版には載っておらず、七二年に同社から出た『戯曲集』一の本編から離れた末尾に印刷されている。ハントケがどういう経緯でこれを執筆したのか調べが付いていない。とても含蓄の深いテクストで様々な解釈が可能だが、私は今日では上演に際してこれに縛られる必要はないと思う。

『カスパー』の舞台に早い時期に接した寺山修司はこれを『ゴドーを待ちながら』と並ぶ「二〇世紀に書かれた最も重要な作品」と評し、亡くなる直前までその邦訳を働きかけたと聞くが、その慧眼には恐れ入るほかかない。

作家ペーター・ハントケ

ハントケは一九四二年にドイツ併合下のオーストリア南東部、スロヴェニアに国境を接するケルンテン州グリッフェンに、スロヴェニア人の母親と駐留していたドイツの軍人の子供として生を受けた。第二次大戦終戦直後、母に連れられて母の再婚相手の住むベルリンに行き、そのソビエト占領地域（後の東ベルリン）で過ごす。一九四八年に一家は義父も共にオーストリアのケルンテン州に戻った。ちなみに彼が自分は私生子だと知るのは高校を卒業する直前だったという。

グラーツ大学法学部在学中の一九六六年に弱冠二三才で小説『雀蜂』と戯曲『観客罵倒』をひっさげて彗星のような作家デビューを遂げる。彼が同じ年、米国プリンストンで開かれたドイツ戦後派の作家グループ「グルッペ四七」の集会で既成作家たちを「痛罵」した事件はドイツ文学史に刻まれていまに残る。カスパー執筆も同年のことである（出版は翌年、初演は翌々年）。小説『ペナルティキックを受けるゴールキーパーの不安』（七〇年、邦訳羽白幸雄訳、三修社、七一年）までが、言語哲学者ヴィトゲンシュタインを生んだ国の前衛作家にふさわしい言語批判を体現した実験的手法によって生み出された作品である。

ハントケは、ほぼ毎年一冊のペースで、中、長編小説を発表するかたわら、戯曲、エッセイ、映画台本を執筆し、かたわら翻訳も行っているのだが、早くも一九七〇年代にドイツ最高の文学賞ビュヒナー賞を受賞するなど、作家としての名声と地位は不動のものになった。

その七〇年代に彼の作風は、明らかな転回を遂げた。言語への関心はそのままに、批判的分析的文体から記述的総合的文体への移行が成し遂げられたのだ。それは七〇年代初頭にドイツ語圏に現れた「新しい内面性」の文学と符節を合わせた動きと受け止められ、その転回の印をとりわけはっきり刻まれているのが、小説『長い別れに寄せる短い手紙』（七二年）だとされた。また小説『真の感覚の時』（七五年）は、現実感覚を欠いて「象牙の塔」にこもる自己執着の文学という根強いハントケ批判を招き寄せた。主人公の大使館員コイシュニックはキプロス紛争の開始を告げる新聞記事を読んで「ぼくの人生へのとんでもない横やりだ」とつぶやくが、そういう箇所が批判にさらされたのだ。やはりこの時期に書かれた小説『左ききの女』（七六年、邦訳池田香代子訳、同学社、一九八九年）は、フランクフルトの近郊に住む女性を主人公に現代人の孤独を深く掘り下げた名作である。

もう一つ新たな方向を切り開いたのが、母親の自殺をきっかけに書かれた『余すところのない不幸』（七二年、邦訳のタイトルは『幸せではないが、もういい』元吉瑞枝訳、同学社、二〇〇二年）で、これは自伝的作品群の出発点となった。その一環である『ゆるやかな帰郷』（七九年）は、ハントケが文体を革新したとされる作品である。長編小説『反復』（八六年、邦訳阿部卓也訳、同学社、九五年）は、行方不明の兄を探して旅に出た「ぼく」が、ユーゴ（今のスロヴェニア）との国境の駅に降り立つ二五年前のシーンの回想から始まる。ハントケの母と母方の祖父母のゆかりの地は、彼が子供の頃繰り返し聞かされた物語の中にしか存在しない「第九の国」なのだ。物語の発生の時を招き寄せることに成功したみごとな作品だ。

九〇年代に入り、千ページを超す小説『だれもいない入江での一年』（九四年）が書かれる。二〇年前の小説『真の感覚の時』の外交官コイシュニクが五〇代半ばにさしかかった作家となって再登場する。シューベルトの長大な交響曲がそう呼ばれたような「天国的に長い」長編である。

ハントケの作家活動もこのあたりまで劫を経ると、その作品は「内面の文学」といったレッテルで括れるようなものでなくなっている。彼の創作は小説、戯曲を問わず、一作ごとにまったく新たな未知の世界が切り拓かれる大事業なのだ。たとえば小説『ゆるやかな帰郷』、『サント・ヴィクトワール山の教え』（八〇年）、『こどもの物語』（八一年、邦訳阿部卓也訳、同学社、二〇〇四年）、そして戯曲『村々をめぐって』（八一年）は評者たちから四部作と呼ばれることがあるが、一作ごとにまったく新しい作品世界が幕を開けるのである。

一九九六年以降のハントケの主要な小説として『とある冬の旅へ夏に添えた補遺』（九六年）、『イメージの喪失またはシエラ・デ・グレドスを経巡って』（二〇〇二年）、『ドン・フアン』（〇四年、邦訳阿部卓也・宗宮朋子訳、三修社、一一年）、『モラヴィアの夜』（〇八年）、『静かな場所をめぐる試み』（一二年）、『きのこマニアをめぐる試み』（一三年）、『果実を盗む女』（一七年）を挙げておく。

自ら象牙の塔の住人を名乗ったことがあるように政治的言挙げとは縁の薄かったハントケだが、ドイツ統一後の九〇年代に旧ユーゴスラビアが解体してゆく過程で、彼が政治的言論の渦に巻き込まれた経緯についてひと言触れておきたい。『反復』の「第九の国」スロヴェニアについてのエッセイ「第九の国からの夢想家の別れ」（九一年）が発端だった。その後九六年に彼は紀行エッセイ『ドナウ、サヴァ、モラヴァ、ドリナ川への冬の旅』の中でセルビアだけを一方的に加害者と決めつける西側ジャーナリズムの言説は公正さを欠くと書いたが、それゆえに集中砲火を浴びたのだ。またNATO軍によるコソボ空爆を非難したハントケは、ドイツの進歩的知識人と目された作家たち、たとえばギュンター・グラスやエンツェンスベルガーを敵に回すことになった。ハントケは一九九九年、七六年に受賞したドイツ最大の文学賞であるビュヒナー賞を返上している。彼の主張は「詩的なものと政治的なものを切り分けることはできない」というものだった。この間の西側の公的世論との葛藤が彼のノーベル賞受賞を二〇一九年まで遅らせる原因だったことは明らかである。

劇作家としてのハントケは小説家としてのようにきちっとした年輪を重ねて、毎年新作を発表したわけではない。しかしその初期に、いずれもドイツの演出家クラウス・パイマンによる演出で初演された『観客罵倒』、『カスパー』、『被後見人が後見人になりたがる』(六七年)、『ボーデン湖の騎行』(七二年)で実験演劇作家としてすでにひとつのエポックを作っていた。それ以後どの一作をとっても科白やト書きの詩的かつ意外性に富んだ表現で観客を魅了する戯曲を発表しつづけたのである。初演の場はいずれも、ウイーンのブルク劇場、ベルリーナー・アンサンブル、ザルツブルク・フェスティバルの祝祭劇場といった錚錚たるものである。以下彼のその後の戯曲を列挙しておく。中期の名作『村々をめぐって』(八二年)、非常に美しい無言劇『私たちがたがいをなにも知らなかったとき』(九二年、邦訳鈴木仁子訳、論創社、二〇〇六年)、『問いの戯れまたは響き豊かな国への旅』(九四年)、『不死への備え』(九七年)、『丸木舟での航海』(九九年)、『地下鉄ブルース』(二〇〇三年)、『嵐はまだ去っていない』(一〇年)、『アランフエスの麗しき日々』(邦訳阿部卓也訳、論創社、一四年)、『対話』(二二年)。

付け加えるまでもないことだろうが、ヴィム・ヴェンダースと組んでの『まわり道』(七四年)や『ベルリン・天使の詩』(八七年)の台本執筆など、ハントケの映画活動は日本でもよく知られている。

＊

この翻訳は旧知のトータル・ステージ・プロデュースの福島成人さんと毛利美咲さんからの依頼で始まった。二〇二三年三月の東京芸術劇場シアターイーストでの上演台本作りという側面もあり、最後の方では舞台稽古も開始されていて、毛利さんとのやり取りからも臨場感が伝わってきてスリリングな翻訳作業になった。ドイツに住んでいて上演に立ち会えないのが心残りだが、公演の成功を心からお祈りする。

訳書の刊行に当たっては論創社の森下紀夫社長のご厚意と、編集の松永裕衣子さんの温かいお力添えに感謝する。

また翻訳書の出版に当たってはオーストリア政府による出版社への刊行助成金を頂くことができ、またオーストリア文学協会からは翻訳者への援助という形で私がウィーンへお招きいただいた。ここに記して感謝したい。

二〇二三年二月一三日　ドイツ、ウンメンドルフにて

池田信雄

◇著 者

ペーター・ハントケ（Peter Handke）

1942年オーストリア、ケルンテン州生まれ。オーストリアを代表する作家、劇作家、映画脚本家。大学在学中に発表した小説『雀蜂』と戯曲『観客罵倒』で衝撃的なデビューをとげる。『カスパー』や映画『ベルリン・天使の詩』は日本でも上演・公開された。『幸せではないが、もういい』、『左ききの女』、『反復』、『ドン・フアン』、『私たちがたがいをなにも知らなかったとき』、『アランフエスの麗しき日々』等多数が邦訳されている。2019年にノーベル文学賞を受賞。

◇訳 者

池田信雄（いけだ・のぶお）

1947年東京生まれ。ドイツ文学者。『ノヴァーリス全集』（全3巻、共訳、沖積舎）、ベルンハルト『凍』、『昏乱』（河出書房新社）、『消去』、『私のもらった文学賞』（みすず書房）、『座長ブルスコン』、『ヘルデンプラッツ』（論創社）など多数の翻訳書のほか、『ベルリン・天使の詩』（共訳）など多数の映画字幕の翻訳がある。

カスパー

2023年4月10日　初版第1刷印刷
2023年4月20日　初版第1刷発行

著　者　ペーター・ハントケ

訳　者　池田信雄

発行者　森下紀夫

発行所　論創社

東京都千代田区神田神保町2-23　北井ビル
tel. 03（3264）5254　fax. 03（3264）5232
web. https://www.ronso.co.jp/
振替口座　00160-1-155266

装幀／奥定泰之
組版／加藤靖司
印刷・製本／中央精版印刷

ISBN978-4-8460-2257-0